La vengeance d’un milliardaire grec

*Chère lectrice,*

Parmi toutes les destinations de rêve que vous offrent vos romans, il y en a une qui, ce mois-ci, ne manquera pas de vous surprendre : car c'est en Ardèche que je vous emmène, sur les pas d'Allegra, l'*Héritière rebelle*, de Kate Hardy (n° 3151). Cette dernière vous enchantera par ses descriptions de cette magnifique région, de ses vignobles, par la passion et la sensualité qu'elle a su insuffler à son histoire. Les vignes verdoyantes ploient sous le raisin, les vendanges approchent, les orages rythment cette belle fin d'été, la terre sent le soleil… Cette terre, Allegra en est amoureuse depuis l'enfance. Mais si elle entend bien exploiter les vignes dont elle vient d'hériter, elle ne sait pas encore qu'elle va devoir diriger le domaine avec Xavier Lefèvre, l'homme qu'elle a autrefois follement aimé… Va-t-elle conquérir, de nouveau, celui qu'elle n'a jamais oublié ? Et nous offrir la preuve, peut-être, qu'il n'est pas nécessaire de faire des milliers de kilomètres pour trouver l'amour…

Bien sûr, je n'oublie pas la suite de « La saga des Orsini », *Un séduisant garde du corps* (n° 3153) — avec un héros, Falco, beau à se damner — ni celle de « L'héritage des Balfour », *Le secret d'une Balfour* (n° 3154), où Annie tente de cacher à Luca de Salvatore, avec lequel elle a vécu une unique nuit de passion, son plus précieux secret…

Avec tous ces romans, vous passerez, j'en suis sûre, un merveilleux mois d'août.

Très bonne lecture.

***La responsable de collection***

ABBY GREEN

# La vengeance d'un milliardaire grec

collection Azur

éditions Harlequin

*Cet ouvrage a été publié en langue anglaise*
*sous le titre :*
THE VIRGIN'S SECRET

*Traduction française de*
ANNE DAUTUN


83-85, boulevard Vincent-Auriol, 75646 PARIS CEDEX 13 — Tél. : 01 42 16 63 63

Service Lectrices — Tél. : 01 45 82 47 47

www.harlequin.fr

ISBN 978-2-2802-3549-5 — ISSN 0993-4448

# Prologue

Son jet privé venait d'atterrir à l'aéroport d'Athènes, mais Leonidas Parnassus, le regard perdu dans le vague au-delà du hublot, se sentait oppressé, étrangement réticent à quitter son siège. Pourtant, il abhorrait l'inertie ! Sans doute ne se faisait-il pas à l'idée d'avoir accédé à la requête de son père qui le réclamait à Athènes en vue de « pourparlers », songea-t-il avec agacement.

Fusion financière, maîtresse, père pour qui l'acquisition d'une fortune et le rétablissement de l'honneur familial avaient toujours passé avant sa relation avec son fils… Il n'était pas enclin à se consacrer à tout cela. Pure perte de temps et d'énergie ! pensa-t-il avec une expression si dure que le steward qui s'apprêtait à l'aborder hésita. Absorbé par ses sombres pensées, Leo n'y prit pas garde.

Grec, il l'était jusqu'au tréfonds de l'âme, et pourtant il n'avait jamais foulé le sol de la Grèce. Sa famille avait été exilée de sa demeure ancestrale bien avant sa naissance. Mais son père y avait effectué quelques années plus tôt un retour triomphal. Il avait enfin réalisé son rêve : laver le nom des Parnassus d'un crime terrible et jouir de son nouveau statut, assorti d'une fortune colossale.

Avec colère et amertume, Leo pensa à sa grand-mère bien-aimée, au visage las et aux yeux tristes. Pour elle, le retour au pays n'avait pas eu lieu. La possibilité s'en était présentée trop tard et elle était morte en terre étrangère. Il s'était alors juré de ne jamais poser les pieds sur le sol qui avait banni sa famille et brisé le cœur de cette grand-mère chérie — qui l'avait pourtant pressé de s'y rendre dès qu'il en avait eu la capacité.

Athènes demeurait le fief des Kassianides, responsables de toute cette douleur et de cette tristesse. Ils payaient bien tard, et beaucoup trop légèrement, le mal qu'ils avaient fait ! Ils avaient jeté une ombre maléfique sur son enfance, qui en avait été profondément marquée.

Et pourtant, en dépit de tout cela, voici qu'il était en Grèce ! Parce que la faiblesse évidente qu'il avait perçue dans la voix de son père l'avait touché. En fait, il s'était senti tenu de venir. Peut-être désirait-il se prouver qu'il n'était pas à la merci de ses propres émotions ?

Cela le glaçait rien que d'y penser ! A l'âge de huit ans, il s'était juré de ne jamais s'enferrer dans le sentimentalisme qui avait tué sa mère. Il se croyait capable de regarder en face sa demeure ancestrale et de lui tourner le dos une bonne fois pour toutes.

Mais, d'abord, il devait affronter le problème qui l'avait mené ici : son père voulait qu'il prenne les rênes de la compagnie maritime Parnassus. Or Leo avait depuis longtemps rejeté cet héritage pour adopter l'esprit d'entreprise à l'américaine. Il dirigeait aujourd'hui une filiale diversifiée qui englobait la finance, les achats d'entreprise, l'immobilier. Tout récemment, il avait fait main basse sur un pâté d'immeubles à réhabiliter dans le Lower East Side à New York.

Sa seule contribution à l'entreprise de son père, il l'avait apportée deux ans plus tôt, lorsqu'ils avaient porté le coup vengeur à Tito Kassianides, ultime patriarche de la famille honnie. Le désir de vengeance avait alors uni le père et le fils.

Leo avait pris un vif plaisir à assurer l'anéantissement de Kassianides via la gigantesque fusion orchestrée par son père et Aristote Levakis, nabab de l'industrie grecque.

Mais, étrangement, à l'instant de poser les pieds sur le sol originel, ce triomphe lui semblait illusoire. Il songeait à sa grand-mère, qui avait en vain espéré ce moment.

Une toux discrète suivie d'un : « Pardon, monsieur ? » l'arrachèrent à ses pensées.

Irrité d'avoir été observé pendant son moment d'introspection, il vit que le steward lui désignait la porte ouverte du jet. Il se sentit une nouvelle fois oppressé. S'il s'était écouté, il aurait redécollé vers New York. Tant d'émotions l'agitaient ! Il se leva d'un geste impulsif et gagna la passerelle, conscient des regards braqués sur lui. Il était habitué à être observé, et s'en moquait en temps normal. Mais aujourd'hui, ça le mettait à cran.

La première chose qui le frappa, ce fut la chaleur. Sèche et torride. Etrangement familière. Il inspira pour la première fois l'air d'Athènes et, de nouveau, fut touché en plein cœur par une absurde sensation de familiarité. Il avait toujours pensé qu'il aurait l'impression de trahir sa grand-mère en foulant le sol grec. Pourtant, il avait maintenant le sentiment qu'elle était là, toute proche, et le poussait en avant avec douceur. Pour un homme tel que lui, gouverné par la froide logique et le raisonnement, c'était perturbant.

Masquant son regard avec ses lunettes fumées, il éprouva un picotement bizarre dans la nuque : il était soudain sûr que sa vie tout entière allait changer. Un pressentiment vraiment inopportun.

*Au même moment, de l'autre côté d'Athènes*

— Delphi, calme-toi, je t'en prie ! Et explique-moi ce qui ne va pas ! Si j'ignore de quoi il retourne, je ne peux pas t'aider, plaida Angel.

Son injonction provoqua un nouvel afflux de larmes, et

Delphi, sa jeune et jolie demi-sœur, hoqueta d'une voix entrecoupée :

— Je ne fais pas ces choses-là, je ne suis qu'une étudiante…

Ramenant en arrière les cheveux acajou de Delphi, Angel affirma en domptant une sensation de malaise :

— Voyons, ma chérie, ça ne peut pas être si terrible. Dis-moi ce qu'il y a. Nous trouverons forcément une solution.

Delphi était si réservée, si introvertie ! pensa-t-elle. Cela n'avait fait que s'aggraver depuis la tragique disparition de Damia, sa jumelle, survenue six ans plus tôt. Par réaction, Delphi s'était enfermée dans les études. Aussi, lorsqu'elle lâcha d'une voix entrecoupée : « Je suis enceinte », sur le coup, Angel ne saisit pas vraiment le sens de ces paroles.

— Angel, tu as entendu ? J'attends un enfant.

D'un geste instinctif, Angel étreignit sa sœur. Elle plongea son regard dans ses grands yeux bruns — si différents de ses yeux pervenche, même si elles avaient le même père — et demanda en dissimulant son choc :

— Mais comment est-ce arrivé ? Je veux dire…

Sa sœur rougit, l'air coupable.

— Eh bien… ça devenait de plus en plus sérieux entre Stavros et moi. Nous désirions franchir le pas toutes les deux, tu le sais bien. On se sentait mûres pour ça. Et j'aime Stavros…

Angel eut un serrement de cœur. Elle avait désiré elle aussi « franchir le pas », en effet. Jusqu'à ce que…

Delphi reprit la parole, l'arrachant à un souvenir douloureux.

— Nous avons pris des précautions mais…

Elle s'interrompit, mortifiée, puis précisa en rougissant de plus belle :

— … le préservatif s'est déchiré. Nous espérions qu'il n'y aurait pas de conséquences… ça n'a pas été le cas.

— Stavros est au courant ?

Penaude, Delphi acquiesça.

— Il m'a demandé de l'épouser.

Angel ne s'en étonna pas. Delphi et Stavros s'aimaient depuis toujours.

— Il a parlé à ses parents ?

Delphi hocha encore la tête, luttant avec peine contre les larmes.

— Son père dit qu'il le déshéritera s'il m'épouse. Ils ne nous ont jamais beaucoup aimés…

Angel réprima une grimace. Stavros était issu d'une des familles les plus anciennes et les mieux établies du pays. Ses parents étaient d'épouvantables snobs !

Delphi continua en sanglotant :

— Et maintenant, c'est encore pire avec le retour des Parnassus. Tout le monde est au courant de ce qui s'est passé, et vu la banqueroute de papa…

Un sentiment de honte envahit Angel à l'énoncé de ce nom : Parnassus. De nombreuses années auparavant, les Kassianides avaient commis une terrible faute envers cette famille plus pauvre que la leur : ils avaient accusé à tort l'un d'entre eux d'un horrible meurtre. Et ce n'est que tout récemment qu'ils avaient expié cette infamie : son grand-oncle Costas avait avoué être l'auteur du crime dans un billet trouvé après son suicide.

Les Parnassus, aujourd'hui riches et puissants, avaient saisi leur revanche. Ils étaient rentrés de New York, débarquant à Athènes auréolés de gloire. Parnassus avait veillé à faire savoir que la famille Kassianides avait abusé de son pouvoir d'une manière atroce et ignominieuse. A la suite du scandale, le père d'Angel, Tito Kassianides, avait vu lui échapper contrats et fortune. Il affrontait à présent une faillite inévitable.

— Stavros veut qu'on s'enfuie pour se marier…

Angel tressaillit, ramenée à la situation présente. Elle

allait protester, mais sa sœur, le visage sillonné de larmes, enchaîna aussitôt :

— Il n'en est pas question, bien sûr. Je refuse qu'il soit renié et déshérité à cause de moi. Il tient tant à s'engager dans la carrière politique ! Cela compromettrait toutes ses chances.

Angel s'émerveilla de l'abnégation de sa sœur.

— Et toi, Delphi ? dit-elle doucement. Tu mérites de connaître le bonheur, d'avoir un père pour ton enfant.

Tout à coup, une porte claqua au rez-de-chaussée, les faisant tressaillir.

— Il est rentré…, murmura Delphi, partagée entre la peur et le mépris.

Tandis que les vociférations de leur père, ivre, retentissaient dans la cage d'escalier, Angel eut soudain une conscience aiguë de la situation. Delphi était enceinte ! Elle devait être protégée à tout prix d'un scandale dommageable et ne devait pas perdre Stavros !

— Tu as bien fait de me parler, ma chérie, assura-t-elle. Comporte-toi comme si tout était normal. Nous trouverons bien une solution. Ça s'arrangera, tu verras…

— Mais papa devient fou ! objecta Delphi, à bout de nerfs. Et maman est en train de craquer…

— Ne dis pas ça ! protesta Angel. De toute façon, je suis là, non ?

Pourtant, elle n'avait pas été présente lorsque Delphi avait eu tellement besoin d'elle, après la mort de Damia. Elle s'était alors juré de rester à la maison jusqu'à ce que Delphi ait obtenu son indépendance.

La jeune fille levait à présent sur elle un regard si confiant qu'Angel refoula avec peine une sensation de panique. Elle s'efforça de se calmer avant de reprendre :

— Tu as bientôt tes examens et bien assez à penser par ailleurs. Laisse-moi régler les choses.

Delphi la serra très fort et elle lui rendit son étreinte

avec émotion. Elle voulait qu'elle puisse se marier avec Stavros ! Delphi n'avait ni l'audace ni le culot de Damia. Elle avait toujours été la plus introvertie. Quant à leur père, s'il découvrait le pot aux roses…

Sa sœur parut avoir deviné sa pensée car elle murmura :

— Et si papa… ?

— Il n'en saura rien, coupa aussitôt Angel. Essaie plutôt de dormir un peu. Et sois tranquille, je me charge de tout.

# 1.

« *Je me charge de tout.* » Cette fatale promesse hantait encore l'esprit d'Angel une semaine plus tard. Elle avait demandé à rencontrer le père de Stavros pour essayer de lui faire entendre raison. Il n'avait pas daigné la recevoir. Il n'aurait pu signifier plus clairement que les Kassianides étaient désormais des parias.

— Mademoiselle Kassianides !

Angel tressaillit, arrachée à ses pensées par ce rappel à l'ordre de son patron. Sans doute l'avait-il déjà interpellée, à en juger par sa mine excédée.

— Allez vous assurer que la piscine est propre et qu'on a disposé les bougies sur les tables !

Murmurant une excuse, Angel se hâta d'obtempérer, retournant à son rôle de serveuse. En réalité, son inattention était une échappatoire à la panique et au stress.

Elle se trouvait en effet dans la villa des Parnassus, sur les hauteurs d'Athènes. Une réception y était donnée le soir même en l'honneur de Leonidas, le fils de Georgios Parnassus. Le bruit courait qu'il allait reprendre la direction des affaires familiales. Il n'était question que de la position dominante qu'il acquerrait ainsi, car il était lui-même homme d'affaires et milliardaire.

Tandis qu'elle descendait les marches de la terrasse ornée d'une profusion de bougainvillées, une pensée obsédante l'assaillit : elle était chez les Parnassus, la famille qui la haïssait.

Un instant, elle s'immobilisa, le cœur étreint d'une vive douleur. Elle n'aurait pu travailler dans un pire endroit ! L'ironie de la situation n'était pas loin de la rendre folle. Elle s'apprêtait à servir le Tout-Athènes sous le nez même des Parnassus ! En pensant à la réaction de son père s'il venait à l'apprendre, elle avait des sueurs froides.

Elle gagna les abords de la piscine, soulagée de n'y voir personne. Les invités n'avaient pas encore commencé à arriver. Ceux qui étaient déjà hébergés à la villa se préparaient dans leurs appartements.

Pourtant, elle se sentait mal à l'aise… Elle n'avait pas pu éviter de venir ici ce soir. Ni elle ni ses collègues n'avaient connu leur destination. On les avait avertis à la dernière minute dans le minibus qui les emmenait. Pour raisons de sécurité. Angel aurait été renvoyée sur-le-champ si elle avait fait faux bond. Son patron était sans pitié. Et elle ne pouvait pas perdre son job : c'était leur seul moyen de subsistance.

Elle s'efforça de se calmer. Après tout, son employeur, un Anglais récemment installé à Athènes avec son épouse, ignorait ce qu'elle représentait, et son lien avec les Parnassus. Elle disposa des bougies dans les photophores anciens en argent en espérant qu'aucune serveuse n'était originaire d'Athènes. Les affaires de son patron marchaient si bien qu'il était contraint de faire appel à du personnel étranger ou des lointains environs.

Car elle redoutait surtout d'être reconnue. Connaissant bien le milieu auquel elle aurait affaire, elle aurait parié qu'on ne lui accorderait pas un regard dans son uniforme de serveuse. Mais il était sans doute plus prudent de se cantonner dans la cuisine afin d…

Elle tressaillit, surprise par un bruit d'éclaboussures. Il y avait quelqu'un dans la piscine ! Elle avait eu de la compagnie sans y prendre garde. Le crépuscule, teintant le ciel de violet, y était sans doute pour quelque chose. Déposant une dernière bougie, elle s'éloigna en catimini.

Sur sa droite, un mouvement capta son regard et, d'instinct, elle s'immobilisa.

Un dieu grec à la peau bistrée se hissait hors de l'eau, puissant et souple, musclé et ruisselant. Tandis qu'il se révélait dans toute la splendeur de sa silhouette, elle eut l'impression d'être confrontée à une vision. Les dieux grecs n'existaient pas ! C'était un homme en chair et en os, un vrai, qu'elle fixait ! En prenant conscience de sa propre fascination, elle éprouva une sensation de panique.

Son corps se mit enfin en mouvement, mais de façon désordonnée. Elle recula en heurtant au passage un transat, et faillit tomber à la renverse. Mais l'inconnu, s'élançant à la vitesse de l'éclair, l'avait déjà retenue par un bras. Au lieu de s'écrouler, elle s'affala contre son torse ; ses mains se replièrent machinalement sur ses avant-bras musclés. Elle perçut une senteur musquée et terrienne, excitante.

Elle devait rêver, pensa-t-elle, essayant de se convaincre qu'elle n'était pas contre le torse humide d'un inconnu, qu'elle n'était pas tentée de poser ses lèvres sur la fine toison qui l'ombrait.

Elle se força à s'écarter et à ramener ses bras le long de son corps, levant enfin les yeux vers l'inconnu.

— Dé-désolée, balbutia-t-elle. Il fait sombre, je ne vous avais pas vu…

Il haussa un sourcil. Ses traits étaient aussi beaux que le reste de sa personne, constata-t-elle. Non, « beau » était un adjectif trop fade pour le caractériser. « Dévastateur », voilà le terme qui convenait. Il avait des cheveux noirs, drus et souples, de hautes pommettes, une mâchoire au pli ferme, presque dur. Sa bouche exprimait quelque chose d'implacable. Mais aussi un tempérament follement sensuel. Elle en était troublée jusqu'au tréfonds de son être.

Ses lèvres viriles esquissèrent une ébauche de sourire,

et elle sentit son cœur battre plus vite. Remarquant la fine cicatrice qui courait de sa lèvre supérieure à son nez, elle réprima à grand-peine le désir de l'effleurer du bout des doigts. D'où tenait-il cette marque ?

— Ça va ? s'enquit-il.

Il avait un accent américain. C'était peut-être un homme d'affaires étranger invité à la villa ? Non, cela ne collait pas, elle le sentait. En tout cas, c'était… *quelqu'un* ! pensa-t-elle, plongée en pleine confusion.

— Oui, ça va…, murmura-t-elle.

— Vous n'êtes pas grecque ? demanda-t-il, affichant sa presque nudité avec aisance.

— Moitié grecque, moitié irlandaise. J'ai passé beaucoup de temps en pension en Irlande… Alors, mon accent est moins typé.

Mais qu'est-ce qui lui prenait de jacasser comme ça ? se demanda-t-elle.

L'inconnu parut intrigué et observa en regardant son uniforme.

— Vous êtes *serveuse* ?

Son intonation incrédule lui rendit sa lucidité. Seules les jeunes filles originaires d'un milieu privilégié faisaient des études à l'étranger ! prit-elle conscience. Elle aurait dû se fondre dans le décor, et non engager une conversation avec un invité des Parnassus !

— Veuillez m'excuser, je dois me remettre au travail, dit-elle en ébauchant une volte-face.

— Vous préférerez sûrement vous sécher avant de servir le champagne.

Elle suivit la direction de son regard et tressaillit en constatant qu'elle était trempée. Ses vêtements plaqués laissaient transparaître son soutien-gorge et les pointes raidies de ses seins. Seigneur ! Combien de temps s'était-elle plaquée contre lui telle une groupie énamourée ?

Lâchant un léger cri mortifié, elle recula encore, manqua

trébucher une seconde fois, puis s'esquiva. Un rire grave et railleur accompagna sa fuite.

Un moment plus tard, Leonidas Parnassus scrutait le salon de réception envahi de monde. Où était la serveuse ? se demanda-t-il, refoulant avec peine sa contrariété. Son vif besoin de la retrouver le mettait mal à l'aise. Il se rappelait avec un trouble inopportun la vision précise qui l'avait assailli au moment où il s'était douché, le contraignant à se calmer d'un jet d'eau froide.

A présent, la vision le hantait de nouveau. Il revoyait les joues empourprées de l'inconnue, ses grands yeux pervenche frangés de cils bruns, son air effarouché — comme si elle n'avait jamais vu un homme de sa vie. Il se rappelait même le grain de beauté qui ornait sa lèvre supérieure — ce qui avait un indéniable effet sur la partie la plus vulnérable de son anatomie.

Il détestait cette réaction si primitive ! Mais, en l'observant près de la piscine, il s'était senti perturbé. Il avait été frappé par son air préoccupé. Elle n'avait pas remarqué sa présence, et il n'était pas habitué à passer inaperçu ! Lorsqu'il l'avait empêchée de tomber, des mèches s'étaient échappées de sa queue-de-cheval, venant encadrer son visage joliment dessiné. Il avait eu envie de délivrer sa belle chevelure brillante pour la répandre sur ses épaules. En y pensant, il avait presque l'impression de sentir la masse soyeuse…

Bon sang, où était-elle ? N'avait-elle existé que dans son imagination ?

Son père s'approcha de lui avec un de ses pairs, et il se força à sourire. Sa fragilité évidente le détourna un instant de son obsession. Georgios avait changé ces derniers temps, comme s'il subissait une altération sournoise mais profonde. Leo éprouva un sentiment d'inéluctabilité. On avait besoin de lui ici, qu'il eût ou non son propre empire à diriger. Mais avait-il sa place en Grèce ? Y était-il... *chez lui* ?

Il pensa à son appartement de New York, stylé mais aseptisé, et aux gratte-ciel d'acier et de verre qui composaient son paysage quotidien. Il pensa à sa maîtresse, blonde, impeccable et connaissant la vie. Il essaya d'imaginer ce qu'il ressentirait en quittant tout cela... et resta de marbre.

Athènes avait dérouté toutes ses attentes. Il s'était figuré qu'il n'éprouverait rien. Mais il avait, au contraire, le sentiment d'être en contact avec quelque chose d'intime et de primitif, relié à son âme même.

Comme pour ajouter à son trouble, un chignon parfait et un dos mince se présentèrent dans son champ de vision, à l'autre bout de la salle. Son cœur s'emballa, battant à grands coups.

Angel s'efforçait de garder la tête baissée et d'éviter les regards. Elle s'était ingéniée à se rendre utile dans la cuisine, s'affairant à la préparation des plateaux. Mais, comme elle était la plus expérimentée de l'équipe, son chef avait fini par l'envoyer faire le service dans le grand salon.

Dès son entrée, elle avait repéré Aristote Levakis, l'un des associés de Georgios Parnassus, et avait été saisie de panique. « Catastrophe en perspective ! » avait-elle pensé. Aristote la connaissait : il avait fait partie des fréquentations amicales de son père avant la mort de Levakis *senior*. Il avait même assisté à une ou deux soirées dans leur villa familiale.

Comme elle était chargée de circuler parmi les invités en leur présentant un plateau de boissons apéritives, elle ne put se dérober. Soudain, un collègue la heurta accidentellement. Quatre verres de vin rouge tremblèrent sur leur socle, puis se renversèrent. Effarée, Angel vit se répandre leur contenu sur la magnifique robe blanche d'une invitée.

Celle-ci fixa un instant sa robe d'un air horrifié, puis, dans le silence soudain de l'assistance, elle s'exclama :

— Triple idiote !

Mais une haute silhouette avait surgi à côté d'Angel. C'était l'homme de la piscine ! Son cœur se mit à battre de façon désordonnée tandis qu'il lui décochait un clin d'œil avant d'emmener à l'écart la belle invitée, lui murmurant quelques mots d'apaisement. Déjà, le patron d'Angel se précipitait à la rescousse.

L'inconnu congédia prestement l'un et l'autre, puis s'adressa à Angel. Elle ne comprit rien de ce qu'il lui disait. Il était si intimidant dans son habit de soirée ! Elle en restait sans voix.

Calmement, il la débarrassa du plateau pour le remettre à un serveur. Déjà, les dégâts étaient en voie d'être réparés.

Angel s'en serait chargée si elle avait été capable de bouger. Mais tout lui semblait brouillé et incompréhensible. La main de l'inconnu, légère mais ferme, pesa soudain sur son bras. Il l'entraîna à travers la salle, lui faisant franchir les portes-fenêtres qui donnaient sur la terrasse déserte.

L'air frais et parfumé caressa la peau d'Angel. Pourtant, elle avait l'impression qu'un brasier la consumait. Elle était brûlante de honte à cause de l'impair commis, brûlante de trouble au contact de cette main virile sur sa chair…

Ils s'arrêtèrent près d'un mur bas, au-delà duquel s'étendait une pelouse en pente douce. Le silence les environnait. Le bruit étouffé de la fête filtrait à peine par la porte du patio. Sans doute avait-il fermé le battant, pensa-t-elle, frissonnant à l'idée qu'il avait quêté une sorte d'intimité. Avec effort, elle s'arracha à son emprise légère mais bouleversante. Il sourit, et fourra ses mains dans ses poches. Il était d'une beauté si provocante qu'elle crut défaillir.

— Ainsi… nous nous retrouvons, dit-il.

Elle essaya de recouvrer son sang-froid.

— Désolée, je… Vous devez me trouver mal dégrossie. Je ne suis pas aussi maladroite, d'habitude. Merci de…

Elle se tut brusquement, en esquissant un geste en direction de la salle. Elle revoyait, avec une sorte de nausée, la tache de vin rouge en train de s'étaler sur la robe de l'invitée.

— Merci d'avoir arrangé la situation, même si mon patron ne risque pas de me pardonner. Cette robe doit valoir une fortune.

— Considérez que c'est une facture réglée, dit-il avec insouciance. J'ai vu ce qui s'est passé : c'était accidentel.

Ce désinvolte étalage de richesses la révulsa. Elle rejetait profondément ce milieu où elle avait grandi, qui lui rappelait beaucoup trop la face sombre de sa propre famille.

— Mais je ne peux accepter ! Je ne vous connais même pas ! s'écria-t-elle.

— Il me semble au contraire que nous sommes en voie de… *rapprochement*, répliqua-t-il avec un regard qu'elle jugea presque inquiétant.

Il sembla soudain que l'air était parcouru d'ondes électriques. L'inconnu avança, abolissant la distance qui les séparait. La gorge sèche, elle fut incapable de réagir, de raisonner, d'émettre le moindre son. Elle était fascinée par ses yeux bruns à l'éclat mordoré, intense.

Il leva la main et effleura la courbe délicate de sa mâchoire, y laissant une sensation de brûlure.

— Je n'ai pas cessé de penser à vous, dit-il.

— V-vraiment ? balbutia-t-elle.

— A votre bouche, continua-t-il tandis qu'elle le fixait toujours.

Elle contempla ses lèvres et la fine cicatrice en zigzag qui remontait vers son nez. Elle avait follement envie d'en redessiner la ligne avec ses doigts.

— Est-ce que vous vous demandez comme moi l'effet que provoquerait le contact de nos lèvres ? reprit-il.

Levant les yeux, elle se retrouva prisonnière du feu de son regard. Une onde de chaleur se répandit en elle, électrisant chacun de ses sens.

Il n'y avait maintenant plus aucune distance entre eux. Sa haute silhouette s'imposait à elle, masquant le ciel. Il posa la main sur sa joue, inclinant la tête, de plus en plus proche.

Elle perçut son odeur légèrement musquée et fiévreuse — si terrienne qu'elle réagit de façon primitive. Confusément, elle se demanda si c'était cela l'« attirance animale ». Leurs lèvres étaient si proches que leurs souffles se mêlaient déjà. Elle avait envie de…

— Monsieur ?

Elle avait si éperdument envie de…

— Monsieur Parnassus…

Angel rouvrit les yeux, qu'elle n'avait pas conscience d'avoir fermés. Leurs lèvres avaient failli se toucher ; elle allait presque se risquer à explorer, du bout de la langue, la forme et la texture de sa bouche virile. Mais un nom — *Parnassus* — venait de la ramener au réel.

Les bruits sonores de la salle se propageaient de nouveau jusqu'à eux depuis la porte récemment ouverte. Dans un état second, elle écarta sa main, qui s'était levée vers lui comme mue d'une vie propre, et marqua un recul. Son corps commençait à accuser le choc. Une silhouette s'avança dans le patio et le serveur — avait-il assisté à toute la scène ? — en profita pour s'évanouir dans le décor.

Olympia Parnassus, l'épouse de Georgios, venait d'apparaître sur la terrasse. Angel la reconnaissait : un instant plus tôt, elle avait donné ses recommandations à l'équipe préposée au service, dans la cuisine.

— Leo chéri, ton père t'attend. C'est l'heure du discours.

— Un instant, Olympia.

Angel prit conscience qu'il l'avait masquée à la vue d'Olympia d'un mouvement habile et preste. « L'inconnu » avait parlé d'un ton péremptoire. Il était habitué à ordonner et à être obéi, c'était clair. Il était *Leonidas Parnassus.*

Mon Dieu ! pensa-t-elle alors qu'Olympia tournait déjà les talons et refermait la porte de la terrasse, il fallait qu'elle parte d'ici !

A présent, Leonidas Parnassus s'était retourné vers elle et lui faisait face. Elle ne put se résoudre à lever les yeux. Sa main virile et tiède lui redressa la tête, la contraignant à affronter son regard.

— Désolé pour l'interruption, fit-il avec un sourire sexy en diable. Il va falloir que j'y aille, mais… où en étions-nous, déjà ?

Angel ne songeait qu'à s'enfuir le plus loin possible. Elle avait failli embrasser Leonidas Parnassus ! L'homme qui jubilait sûrement du discrédit total de sa propre famille ! Une flambée de colère la souleva. S'ils se trouvaient dans une situation dramatique, c'était à cause de cet homme, de sa famille et de leur désir de revanche ! Ni elle ni Delphi, si vulnérable, ne méritaient de payer pour une faute remontant à des décennies, et dans laquelle elles n'entraient pour rien !

— Ecoutez, dit-elle d'un ton sec en repoussant sa main, j'ignore à quoi vous jouez, mais je dois me remettre au travail. Si mon patron me voyait avec vous, il me renverrait sur-le-champ. Apparemment, ça ne vous a pas traversé l'esprit.

Leonidas Parnassus la dévisagea avant de se redresser et de reculer d'un pas. Envolé l'homme sensuel et joueur qui lui avait fait face ! Il la toisait maintenant en fils de nabab héritier d'une immense fortune, et lui-même milliardaire. Elle ne s'étonnait plus d'avoir eu le sentiment que c'était *quelqu'un* ! Il exsudait par tous les pores une arrogante assurance, et elle frissonna presque sous son regard glacial.

— Pardonnez-moi, laissa-t-il tomber d'une voix glaciale. Je n'aurais jamais tenté de vous embrasser si j'avais su que cela vous répugnait autant.

Mais son attitude démentait ses mots, leur conférant une teneur ironique. Il ne se repentait de rien du tout ! De nouveau, il cueillit la joue d'Angel au creux de sa main. Elle rougit et son cœur se mit à battre à grands coups.

— De qui te moques-tu, la belle ? continua-t-il, la tutoyant soudain en homme qui abandonne toute comédie. Inutile de raconter des histoires. Je connais les symptômes du désir. Tu meurs d'envie de m'avoir, comme tout à l'heure à la piscine.

Une fois encore, elle rejeta sa main loin d'elle. Elle était gagnée par la panique. S'il venait à se douter de son identité…

— Ne soyez pas ridicule ! s'insurgea-t-elle. Ecartez-vous, s'il vous plaît, que je retourne à mon travail.

— Soit. Mais pas avant d'avoir prouvé que tu mens.

Agissant par surprise, il emprisonna son visage entre ses mains, se plaqua contre elle, et sa bouche s'écrasa sur ses lèvres entrouvertes avec l'impétuosité d'une déferlante. Elle tenta de le repousser — mais elle avait l'impression de lutter en vain, à contrecourant.

Sa langue s'était glissée profondément entre ses lèvres, exploratrice, caressante, dans une démonstration d'intimité si aiguë qu'elle était remuée jusqu'au tréfonds de son être.

Son corps s'était raidi à la soudaineté de cette invasion. Mais des sensations brûlantes la submergeaient, sa révolte faiblissait. Elle s'abîmait au contact des grandes mains fermes qui caressaient son visage et sa nuque, tandis que la langue qui fouillait sa bouche semblait l'aspirer dans un maelström.

Elle ne s'aperçut pas qu'elle cessait de lui résister et levait les mains pour enserrer ses larges épaules. La réalité s'était évanouie dans l'emportement de leur baiser sauvage.

Brutalement plaqués l'un contre l'autre, ils vacillaient, pris dans la scansion des battements emballés de leurs cœurs. Elle se pressa contre lui, se hissa sur la pointe des pieds pour quêter une intimité accrue et perçut son excitation virile. Ses pensées s'annihilèrent, comme noyées dans leur élan sensuel.

Puis tout s'arrêta. Il s'était écarté. Malgré elle, elle fit un mouvement comme si elle répugnait à se séparer de lui, et ses mains demeurèrent agrippées à lui. Une seconde plus tard, leurs doigts se retrouvèrent mêlés. Etait-ce lui qui avait détaché ses mains encore cramponnées à ses épaules ? se demanda-t-elle, le cœur battant la chamade. Elle était comme ivre.

Leonidas Parnassus la contempla, le visage enflammé. Etait-ce de colère ? Ou de jubilation ? Elle n'eut pas le temps d'y réfléchir car un toussotement discret se fit entendre :

— Monsieur ? Si vous voulez bien rejoindre votre père...

— J'arrive, dit-il, élevant la voix pour se faire entendre du majordome.

Mais il ne l'avait pas quittée des yeux, même s'il semblait totalement maître de lui — en dépit de ses pommettes empourprées. Angel, en revanche, n'en menait pas large.

— J...je..., balbutia-t-elle.

Il coupa court :

— Attendez-moi ici, je n'en ai pas fini avec vous.

Sur ce, il tourna les talons et s'éloigna à grandes enjambées, regagnant la salle de réception.

Etourdie, elle effleura ses lèvres meurtries. Elle se rappela avec un mélange d'embarras et de honte l'élan de son corps cherchant à se souder à celui de Leonidas. Même dans les moments les plus passionnés de sa relation avec Achille, elle n'avait pas éprouvé un désir aussi violent, aussi dévastateur.

Il était vrai, se rappela-t-elle amèrement, que c'était l'origine du problème. Elle se sentit soudain mise à nu et vulnérable. Elle aurait aimé pouvoir refouler ces souvenirs douloureux. N'avait-elle pas son compte avec la scène qui venait d'avoir lieu ?

Son regard tomba sur les marches qui menaient au niveau inférieur et sans doute aux cuisines, par un chemin qui contournait le bâtiment. Elle se hâta de descendre, prenant conscience qu'elle pouvait faire une croix sur son travail. L'incident du vin renversé et son aparté avec l'hôte d'honneur scellaient son renvoi. Et elle ne tenait pas à être présente lorsque son employeur serait averti, d'ici peu, de l'opprobre attaché à son nom.

Une fois dans la cuisine, elle ramassa ses affaires, se faufila au-dehors et longea l'allée d'un pas rapide, s'éloignant de la villa illuminée sans regarder en arrière.

Leo écoutait le discours ému de son père. Georgios laissait entendre qu'il était prêt à confier les rênes du pouvoir à son fils, et chacun pouvait s'en rendre compte. Une fois de plus, Leo éprouva une fierté primitive, le sentiment d'être à sa place en ces lieux. Il ressentait le besoin d'affirmer les droits dont il avait été floué.

Georgios n'était pas stupide. Sans doute avait-il misé sur une telle réaction en lui demandant de venir. Leo n'était pourtant pas disposé à lui donner la satisfaction d'une capitulation rapide, ni à lui laisser entrevoir sa victoire.

Même s'il conservait sa lucidité, tandis que des applaudissements saluaient le discours et que les conversations reprenaient, il était tout à son désir pour la femme qu'il avait abandonnée dans le patio. Il jeta un regard au-delà des portes rouvertes, mais ne la vit pas. Il s'irrita de constater qu'elle ne l'avait peut-être pas attendu, malgré son ordre. D'autant que, pour le moment, il était coincé ici.

Il avait hâte de finir ce qu'ils avaient commencé. A ce tournant capital de son existence, il ne songeait qu'à la serveuse sexy qui avait eu le front de souffler le chaud et le froid avec lui ! constata-t-il avec une brusque et surprenante colère. C'était une situation inédite pour lui ! Les femmes qui s'étaient ingéniées à jouer les allumeuses pour capter son intérêt y avaient toujours échoué. Il rejetait ce badinage. Ses maîtresses avaient de l'expérience, de la maturité, et savaient à quoi s'en tenir : ni engagement sentimental ni tricherie.

Mais, quand l'inconnue l'avait dévisagé comme s'il était capable de la brutaliser, il avait pris la mouche. Il n'avait jamais éprouvé ce désir étrange de marquer une femme de son empreinte, de lui prouver ses torts. Ni ce désir furieux de l'embrasser… Quand elle avait cessé de lutter, qu'elle s'était enhardie à lui rendre sa caresse comme si sa vie en dépendait…

— Georgios a été on ne peut plus clair. Alors, Leo, as-tu mordu à l'hameçon ?

Leo était si absorbé par ses pensées qu'il lui fallut un instant pour reprendre ses esprits. Autour de lui, la foule s'était dispersée. Aristote Levakis, l'associé de son père, l'observait dans l'expectative. Leo aimait bien Ari : ils avaient collaboré de près au moment de la fusion. Mais il avait à peine entendu ce qu'il venait de dire !

Dominé par une tension obstinée, il désirait la rejoindre. Et si elle était partie ? Il ne savait même pas son nom !

Se forçant à plaisanter, il lança :

— Tu t'imagines que je vais te prendre pour confident ? Et claironner ma décision au Tout-Athènes dès demain ?

Ari émit avec bonne humeur un petit « tss, tss ! », et Leo tenta de se concentrer sur leur conversation — sans cesser de guetter, du coin de l'œil, la vision d'un chignon brun et d'un cou flexible et délicat.

— Pardon, tu disais, Ari ? fit-il, maudissant sa distraction persistante.

— Que j'étais surpris de la voir ici. J'ai constaté que

tu l'emmenais sur la terrasse. Lui as-tu demandé de s'en aller ? Je reconnais qu'elle a du culot…

— Qui ça ? fit Leo, se raidissant.

— Angel Kassianides. La fille aînée de Tito, précisa Ari. Elle était ici tout à l'heure, en tenue de serveuse. Elle a renversé du vin sur Pia Kyriapoulos et tu l'as entraînée dehors. Tout le monde a pensé que tu l'envoyais promener. En tout cas, c'était efficace… elle n'a pas reparu, conclut-il en promenant autour de lui un regard circulaire.

*Kassianides* ? Leo réagit aussitôt en entendant ce nom honni. Ce nom qui parlait de chagrin, d'humiliation, de douleur.

— Angel Kassianides… Elle fait partie de la famille ?

— Oui. Tu l'ignorais ?

Leo secoua la tête, peinant à digérer l'information. Comment aurait-il su à quoi ressemblaient les enfants de Tito Kassianides ? Ils n'avaient pas traité directement avec lui pendant la fusion qui avait précipité leur chute. Bizarrement, la vengeance, pourtant claire et nette, lui paraissait maigre maintenant qu'il avait été confronté à une fille Kassianides. Qu'il l'avait embrassée.

Si Ari l'avait reconnue, les autres avaient dû en faire autant ! Il se rappela de quelle façon il l'avait entraînée, obsédé par l'idée fixe d'explorer son attirance pour elle, sans se douter de son identité. La colère s'empara de lui. Avait-elle projeté un esclandre ? A quoi rimait ce numéro de séduction, ces grands yeux bleus dilatés… et la comédie qu'elle avait jouée ensuite, feignant de n'avoir pas de désir pour lui ? Dès leur rencontre aux abords de la piscine, elle avait joué avec lui. Elle l'avait reconnu, se rendit-il compte avec un regain de fureur. Jamais il ne s'était senti aussi vulnérable !

Etait-ce son père qui l'avait envoyée, comme on avancerait une pièce sur un échiquier ?

A l'instant, il vit approcher son propre père, escorté

d'une délégation. Pendant le reste de la soirée, il lui faudrait sourire, faire semblant d'être à l'aise, cacher qu'il n'avait qu'une envie : rejoindre Angel Kassianides pour la soumettre à un interrogatoire en règle.

Une semaine plus tard, à New York, planté devant l'immense baie vitrée de son bureau donnant sur Manhattan, Leo se sentait encore incapable de se concentrer sur ce décor pourtant familier. La seule vision qui se présentait à son esprit, depuis son voyage à Athènes, était le visage séraphique d'Angel Kassianides renversé vers lui, les yeux clos, juste avant qu'il l'embrasse. Il lâcha un rire caustique. *Angel.* Décidément, elle portait bien le prénom qu'on lui avait donné.

Il refoula cette pensée importune et pensa à la Grèce. Il n'était pas prêt à l'admettre — devant son père moins que tout autre —, mais Athènes avait opéré en lui un changement fondamental. New York, étalé à ses pieds, ne lui inspirait plus rien. Il avait le sentiment de n'avoir jamais trouvé sa place dans ces lieux où il avait grandi. Ce n'était plus qu'un enchevêtrement de gratte-ciel animé d'une vie trépidante.

Il avait même rompu ce matin avec sa maîtresse après l'avoir évitée toute la semaine — ce qui ne lui ressemblait pas. L'écho de son esclandre et de ses simagrées le harcelait encore. Mais il n'éprouvait aucun remords. Il était soulagé.

*Angel.* Elle avait le don irritant de s'immiscer dans ses pensées ! Il n'avait pas pu se payer le luxe de la retrouver et de lui demander des explications sur le rôle qu'elle avait joué à la villa, une crise l'ayant ramené ici, au siège de son entreprise. Mais cela ne l'empêchait pas d'en être obsédé. Il n'avait pourtant pas coutume de se laisser distraire par une femme ! Une femme avec laquelle, de surcroît, il n'avait pas couché !

La sensation d'avoir été joué, inédite pour lui, n'était pas de celles qu'il laisserait perdurer. Si cette demoiselle pensait pouvoir jouer avec lui, elle s'y brûlerait ! Comment osait-elle ? Après tout le mal que sa famille leur avait fait ? Le soir même de son introduction dans la haute société d'Athènes, par-dessus le marché ! songea-t-il.

Son impudente audace le stupéfiait. Les Kassianides voulaient-ils déterrer la hache de guerre ? Lutter à mort jusqu'à ce qu'ils aient recouvré la suprématie ?

Il se rembrunit. Peut-être avaient-ils le soutien d'une partie de la vieille élite athénienne, et devait-il se soucier de cette menace rampante ? Allons donc ! Tout cela n'était sans doute rien. La présence d'Angel ce soir-là n'était qu'une coïncidence…

Et par coïncidence, c'est justement lui qu'elle avait remarqué dans la foule ? lui souffla une voix railleuse. Il enfonça ses poings dans ses poches. *Tu ne t'en tireras pas comme ça, ma petite !* se promit-il.

Faisant volte-face, il saisit son téléphone et composa un numéro. Il raccrocha au bout d'une conversation laconique, puis fixa de nouveau le panorama. Sous le sceau du secret, il venait d'annoncer sa décision : il partait à Athènes pour prendre la direction de Parnassus Shipping.

A l'idée de revoir Angel Kassianides et de la sommer de s'expliquer, son sang bouillait dans ses veines. L'impatience le gagnait, le pressant de partir. Mais il avait des choses à régler à New York. Il devait dompter son impétuosité animale. Angel Kassianides n'était pas le catalyseur de sa décision. Elle serait cependant sa première escale.

# 2.

Angel était baignée de sueur. Son cœur battait à se rompre. Pour la deuxième fois en peu de temps, elle se trouvait dans le pire endroit au monde : la villa Parnassus. Chaque fois qu'elle se rappelait la scène de la terrasse, elle en était malade. Elle inspira profondément. Le moment était mal choisi pour penser à Leo Parnassus ; à ce qu'elle avait ressenti entre ses bras avant de découvrir son identité ; au mal qu'elle avait à l'oublier.

Elle s'efforça de se repérer dans la faible lumière. Les lieux semblaient déserts. Les journaux n'avaient pas menti, pour une fois, en disant que Georgios Parnassus, de santé déclinante, se reposait sur une île grecque qu'il avait récemment acquise. Elle palpa dans la poche de sa veste le document qu'elle détenait — sa raison d'être ici. Elle était sûre d'accomplir une bonne action.

Depuis l'annonce dans les médias, quelques jours plus tôt, que Leo Parnassus prenait la direction de la compagnie maritime familiale, quittant New York pour Athènes, Angel avait été de plus en plus ombrageuse et son père de plus en plus amer et acerbe. Il voyait s'amenuiser ses chances de rétablir sa situation financière. Un jeune et énergique patron à la tête de Parnassus Shipping était bien plus redoutable qu'un vieux patriarche — en dépit des victoires remportées par ce dernier.

En rentrant de son nouveau travail, la veille, Angel avait surpris son père en train de ricaner d'un rire aviné, une liasse de feuillets à la main. La voyant se faufiler dans l'escalier, il l'avait appelée dans son bureau. Elle avait obéi à contrecœur.

« Tu sais ce que c'est ? » avait-il lancé, lui désignant les documents.

Elle avait secoué la tête, évidemment.

« Mon antidote contre la banqueroute. Tu te rends compte un peu de ce que j'ai là, ma fille ? »

De nouveau, elle avait secoué la tête, envahie d'un pressentiment de mauvais augure.

Il avait continué d'une voix brouillée :

« Je détiens les noirs secrets des Parnassus et leur destin. Le testament ultime de Georgios Parnassus. Je sais tout. Tout de leurs actifs et de leur valeur réelle, de leurs plans de redistribution. Je sais aussi que sa première femme s'est suicidée. Ils ont dû cacher ça. Tu imagines ce qui se passerait si des personnages stratégiques étaient au courant ? Je peux abattre ces salauds avec un truc pareil. »

*Je peux abattre ces salauds…* Angel avait eu la nausée en constatant que son père ne rêvait que de réactiver la vendetta. Après tout ce que les Parnassus avaient traversé ! Aveuglé par son amertume, il ne voyait même pas qu'il se déconsidérerait encore plus, ainsi que sa famille. Sans parler du mal immense qu'il ferait en révélant des secrets de famille — si ce qu'il disait du suicide était vrai.

« Comment t'es-tu procuré ça ? avait-elle demandé.

— Peu importe !

— Tu as envoyé un de tes sbires pour le voler dans la villa », avait-elle deviné.

Il avait changé de visage, confirmant ainsi la justesse de son hypothèse, ou du moins qu'il avait dérobé les documents. Comment ? Elle l'ignorait. Mais il avait encore, dans son entourage, des partisans d'une loyauté servile.

« Et alors ? avait-il lancé d'un ton belliqueux. Sors d'ici ! Tu m'écœures. Tu me rappelles trop ta putain de mère. »

Angel était si habituée à être apostrophée ainsi qu'elle n'avait même pas cillé. Il l'avait toujours rendue responsable du départ de sa séduisante mère irlandaise, qui les avait abandonnés lorsque Angel n'avait que deux ans.

Un moment après son départ, elle était revenue dans le bureau. Comme elle s'y attendait, son père ronflait dans son fauteuil, une main crispée sur les documents, l'autre serrant sur sa poitrine une bouteille de whisky vide. Elle n'avait eu aucune peine à lui subtiliser les feuillets et à s'éclipser.

Ce matin-là, elle avait emporté le testament au travail, profitant que son père cuvait encore ses vapeurs d'alcool. Puis, en fin de journée, elle s'était rendue à la villa Parnassus. Elle avait eu un moment de panique en se retrouvant confrontée à un garde de sécurité. Elle avait improvisé, prétextant l'oubli d'un objet de valeur lors de la réception, quelques semaines plus tôt.

A son grand soulagement, le garde, après avoir consulté quelqu'un, l'avait laissée entrer. Elle avait gagné la cuisine heureusement déserte. Maintenant, elle se faufilait dans la maison, à la recherche du bureau. Elle comptait glisser les documents dans un tiroir et prendre la poudre d'escampette.

Il était hors de question que son père ranime la guerre entre les Kassianides et les Parnassus ! Ni elle ni Delphi n'avaient besoin de ça ! Delphi surtout. Stavros la suppliait chaque jour de s'enfuir avec lui, mais sa sœur s'y opposait avec fermeté, refusant de gâcher l'avenir de celui qu'elle aimait et d'être responsable de l'éclatement de sa cellule familiale. Tous les soirs, Angel l'entendait sangloter dans sa chambre. Elle sentait que les deux jeunes amants ne tarderaient pas à se séparer si rien ne changeait. Pour couronner le tout, Delphi devait passer ses examens de droit. Tout était si pesant ! pensa Angel.

Elle s'immobilisa dans l'immense vestibule, essayant de maîtriser ses nerfs et de ne pas céder au désespoir. Soudain, elle ressentit une curieuse sensation de picotement sur sa nuque. Elle délirait, se dit-elle. Il n'y avait personne ici. Elle devait finir ce pourquoi elle était venue.

On devinait une porte entrouverte à l'autre bout du couloir. Elle avança sur la pointe des pieds, la poussa, et, avec soulagement, vit que c'était bien le cabinet de travail, baigné par le clair de lune qui découpait dans la pièce de grandes zones d'ombre.

Distinguant un bureau, elle s'en approcha, trouvant un tiroir à tâtons. Elle le tira et, en même temps, sortit le testament de sa poche. Au moment où elle allait le glisser dans le tiroir, la lumière jaillit. Elle sursauta, glacée d'effroi.

Leonidas Parnassus s'encadrait sur le seuil, bras croisés, le regard noir et menaçant.

— Qu'est-ce que vous fichez ici ? laissa-t-il tomber d'une voix impassible.

Angel cilla sous la lumière crue. Ses oreilles bourdonnaient, elle avait l'impression d'être au bord de l'évanouissement. Elle était assommée de se trouver face à Leo Parnassus, d'une beauté particulièrement sombre et intimidante dans son pantalon noir et sa chemise bleu ciel.

Elle ouvrit la bouche mais aucun son n'en sortit.

En quelques pas, Leo avait traversé la pièce et subtilisé le testament qu'elle tenait entre ses doigts.

— Voyons ce qui vous a amenée ici, mademoiselle Kassianides.

Hébétée, Angel le vit déplier les feuillets, puis laisser échapper un soupir étranglé en identifiant leur teneur.

— Le testament de mon père ? fit-il avec un regard noir. Vous êtes venue voler ce document précis ? Ou bien tout ce qui pourrait vous tomber sous la main ?

Angel secoua la tête. Elle avait été perturbée qu'il l'appelle *mademoiselle Kassianides*.

— V-vous savez qui je suis ? balbutia-t-elle.

Expédiant le testament sur le secrétaire, Leo allongea

un bras et la saisit d'une main rude. Elle poussa un cri — sous l'effet du choc plus que de la douleur. La tirant sans cérémonie de derrière le bureau, il la poussa dans un fauteuil.

— Votre petit numéro à la réception aurait dû m'indiquer que vous n'êtes pas du genre à vous gêner pour jouer les intruses.

Il n'avait pas répondu à sa question, constata-t-elle. D'évidence, il connaissait son identité. Sans doute la lui avait-on révélée à la soirée. Elle spécifia, bien qu'elle fût consciente de l'inutilité de ses explications :

— Si j'avais su où on m'envoyait travailler, je ne serais pas venue. Je l'ai appris trop tard.

— Cessez de me prendre pour un imbécile, ricana-t-il. Vous dupez peut-être tous les autres avec votre frimousse innocente, mais ce que je viens de voir me prouve que vous êtes pourrie jusqu'à la moelle. Comme toute votre sale famille.

Angel se leva d'un bond, galvanisée par la colère. C'était injuste de la juger pareille à son père ou à ses ancêtres ! Mais elle n'eut pas le loisir de répliquer : Leo l'avait déjà repoussée dans le fauteuil. Elle frémit, secouée par le contact de sa main.

— Vous vous trompez ! lança-t-elle. Je n'ai rien volé du tout ! Si vous tenez à le savoir…

D'un geste emporté, il la réduisit au silence. Elle n'avait pas d'affection pour son propre père. Mais elle aurait perdu son temps en rejetant le blâme sur lui. Leo Parnassus lui aurait ri au nez : il venait de la prendre la main dans le sac ! Par sa propre faute.

Elle le regarda faire les cent pas, mains sur les hanches. Ses doigts étaient longs et bien modelés, le dos de sa main parcouru de poils sombres. Soudain, elle le revit tel qu'elle l'avait découvert la première fois, émergeant de la piscine.

Un trouble immédiat la traversa, éveillant une sensation de chaleur au cœur de sa féminité.

Alarmée, elle se releva et se plaça derrière le fauteuil — rempart ridicule ! Cessant d'arpenter le bureau, Leo la dévisagea froidement.

— Qu… qu'allez-vous faire ? balbutia-t-elle. Appeler la police ?

Ignorant sa question, il gagna le minibar pour se verser une rasade de whisky, qu'il avala d'un seul coup. Une fois encore, il la dévisagea, et elle vit flamber son regard — or et bronze tout ensemble.

— C'est votre père qui vous avait envoyée à la réception ? En repérage ? Ou bien avez-vous agi seule ?

— Je vous ai déjà dit que j'ignorais où nous allions. J'étais une employée de votre traiteur. On ne nous avait précisé qu'à la dernière minute où nous travaillerions, pour raisons de sécurité.

— Comme c'est commode ! Et aujourd'hui, votre père et vous avez su que Georgios n'était pas ici, et vous avez sauté sur l'occasion. Hélas pour vous, vous n'aviez pas prévu mon retour.

— On n'en parlait pas dans les journaux.

Il lui lança un regard noir. Elle se serait giflée. Elle venait d'aggraver son cas. Car jamais elle n'aurait avoué qu'elle avait lu avidement la presse chaque jour dans l'espoir d'y trouver un article sur lui. Ç'avait été plus fort qu'elle.

— En cette période de passation de pouvoir, on nous considère comme une proie facile. Certains méditent une prise de contrôle. J'ai débarqué ici avec une semaine d'avance.

Tout à coup, un fait s'imposa à Angel, horrifiée :

— Vous m'avez vue arriver. C'est à *vous* que le garde a parlé…

Leo fit un geste vers la droite. Regardant dans cette direction, elle vit, au-delà de la porte par où il avait surgi, un local d'écrans de surveillance. Il avait suivi les moindres de ses mouvements ! comprit-elle. Elle était parvenue jusqu'ici parce qu'il l'avait bien voulu. Sinon, elle ne serait arrivée à rien ! Sa propre naïveté l'humilia.

— Votre impudence est confondante, dit-il. Vous avez la morgue de votre ancienne position sociale.

Si elle en avait eu le cœur, elle aurait ri ! Tito avait été riche, certes. Mais despotique. Il avait contrôlé leurs existences d'une main de fer. Ce n'était pas la morgue qui l'avait conduite ici. C'était l'inquiétude, et le désir de réparer une faute.

— Je vous jure que je ne suis pas venue pour voler.

Leo désigna le testament gisant sur le bureau.

— Qu'espériez-vous y gagner ? demanda-t-il. Question stupide, je suppose. Votre père escomptait sûrement utiliser ces informations secrètes pour porter un coup au mien. A moins que vous n'ayez eu l'intention d'en tirer parti pour me circonvenir ? Pour tirer avantage du baiser que nous avions échangé ?

Angel s'empourpra à ce souvenir. Se remémorant les propos de son père, la veille, elle songea qu'il aurait raisonné en ces termes, sans doute, et se sentit presque coupable. Le regard implacable de Leo Parnassus lui révéla qu'il se méprenait sur sa réaction, qu'il n'avait pas manqué de capter.

A quoi bon lui dire la vérité ? Cela ne servirait à rien. Il était plus susceptible de croire au Père Noël qu'à son innocence ! D'autant que les circonstances jouaient contre elle. Sous son regard intense et acéré, elle se sentait de plus en plus fiévreuse et agitée.

Timidement, elle contourna le fauteuil. Elle devait s'en aller ! Il avait de l'éducation, elle pourrait sans doute lui faire entendre raison.

— Ecoutez, je regrette de m'être introduite ici. Vous

avez le testament. Je vous jure que vous n'entendrez plus jamais parler de moi si vous me laissez partir, plaida-t-elle.

Son cœur se serra. Elle n'osait pas envisager la réaction de son père lorsqu'il saurait ce qu'elle avait fait. Et elle ne pouvait promettre qu'il ne tenterait pas quelque autre folie du même genre.

Lentement, Leo reposa son verre vide. Il promena son regard sur sa bouche puis, insolemment, sur le reste de son corps, détaillant son jean usé, son T-shirt noir, son blouson, ses tennis. Malgré elle, Angel soutint son regard et les paillettes d'or qui dansaient dans ses prunelles viriles lui rappelèrent une fois de plus leur baiser nocturne sur la terrasse

Affolée, le cœur battant, elle se remit en mouvement dans l'idée vague qu'il ne l'arrêterait pas si elle cherchait à sortir. Après tout, elle ne s'était pas introduite ici par effraction.

Pourtant, comme elle allait le dépasser, il la saisit par le bras et la fit pivoter d'un geste vif. Perdant l'équilibre, elle s'abattit contre lui, le souffle coupé.

En un éclair, il eut libéré le lien de ses cheveux, qui se dénouèrent sur ses épaules. D'une main, il lui releva le menton, l'enlaçant étroitement de son autre bras. Elle avait peur de bouger, peur de respirer — et d'entrer ainsi en contact avec son corps viril au risque de perdre sa maîtrise. Elle n'avait déjà plus les idées claires !

— Savez-vous que vous me rendez service, en réalité, Kassianides ?

Elle tressaillit, heurtée par cet usage vexant de son nom de famille — et furieuse de s'en soucier.

— Vous m'épargnez un déplacement. J'avais l'intention d'aller vous demander les raisons de votre présence à la réception. Vous n'imaginiez tout de même pas éviter une explication ?

Angel ne répondit rien. Des sensations dérangeantes l'envahissaient, qu'elle aurait aimé pouvoir refouler.

— J'étais également curieux de savoir si je n'étais pas trop dur dans mon jugement. Après tout, j'avais peut-être tort de supposer le pire parce que vous étiez la fille de Tito.

Entrevoyant une lueur d'espoir inattendue, Angel hocha la tête.

— Hélas, vous venez de dilapider votre maigre crédit, continua-t-il impitoyablement. Vous êtes revenue ici à la première occasion. Pour voler, qui plus est ! Un document qui pourrait être une arme contre mon père mais aussi contre moi. Ce testament contient des informations sur mes biens, pas seulement les siens. Vous avez commis une faute inqualifiable à son égard et au mien.

Elle fut horrifiée. C'était encore plus épouvantable qu'elle ne l'avait cru !

— Votre naïveté est presque pitoyable. Croyiez-vous vraiment que vous auriez pu entrer aussi facilement si je ne l'avais pas permis ?

Angel sentit qu'elle n'avait rien à espérer. Elle tenta de se libérer, et le regretta aussitôt. Car il la serrait plus étroitement, maintenant, comme dans un étau. Ses seins s'écrasaient contre son torse, leurs corps s'épousaient de façon intime. Son haleine effleurait ses lèvres…

Comme elle essayait encore de lui échapper, il referma les doigts sur sa nuque, avec un sourire railleur.

— Vous n'espérez tout de même pas vous en tirer comme ça, Kassianides ?

Saisie de panique, elle lança étourdiment :

— Que voulez-vous dire ?

— J'avais une autre raison de revenir vers vous.

— Une autre ? lâcha-t-elle avec un frisson.

Il acquiesça. Son visage était maintenant si proche qu'elle avait l'impression de sombrer dans les profondeurs dorées de ses pupilles. Sous la paume de ses mains, qu'elle avait placées contre son torse pour garder son équilibre, elle sentait le battement de son cœur. Elle avait si envie de se lover contre lui que cela la figeait sur place.

— Vous m'empêchez de dormir depuis des semaines ! dit-il. J'ai essayé de tuer mon désir, mais il n'y a pas eu moyen. Je n'ai pas pour habitude de me refuser ce que je veux. Et bien que je me méprise pour ça… je vous veux, Angel.

Elle était incapable d'interpréter l'émotion qui l'avait envahie lorsqu'il l'avait appelée « Angel ». Incapable de raisonner. Ainsi, pendant toutes ces nuits où elle s'était réveillée en sursaut, enfiévrée par des rêves torrides, il avait lui aussi pensé à elle ?

Il inclina la tête, inexorablement, tandis qu'elle s'efforçait en vain de se dérober, et lui susurra à l'oreille avec une douceur languide :

— Vous êtes venue dans l'intention d'humilier ma famille, et vous avez tenté de m'humilier. Cela se paie, Angel. On ne joue pas avec le feu sans se brûler.

Elle n'était pas une voleuse ! Elle n'avait jamais rien pris à quiconque !

— Mais je…, commença-t-elle, affolée.

La fin de sa phrase fut étouffée par les lèvres de Leo qui s'écrasaient sur les siennes. Implacable et furieux, il lui imposa son baiser jusqu'à ce qu'elle en ait les larmes aux yeux. Elle tenta en vain de s'opposer à lui. Un gémissement implorant monta de sa gorge. Finalement, il s'écarta et elle perçut son souffle saccadé. Son regard brûlant aurait dû lui faire peur. Pourtant, ce n'était pas le cas.

Il lui révélait une part d'elle-même particulièrement vulnérable. Elle avait presque le sentiment d'avoir attendu cet instant. Que c'était quelque chose de juste, en dépit de tout. La main de Leo se fit plus douce, sur sa nuque, et elle se sentit défaillir, impuissante face à ce geste tendre.

Un pouce effleura sa joue. Elle se rendit compte alors qu'elle pleurait.

— Les larmes sont d'un très bon effet, dit-il avec un sourire qui n'atteignait pas ses yeux. Mais inutiles. Aussi inutiles que de nier le désir que je vous inspire.

Il remua légèrement, l'amenant aux creux de ses cuisses. Elle lâcha un soupir étranglé en percevant l'intensité de son excitation virile. Captive de son regard, hypnotisée, elle oublia tout. Cette fois, quand il prit sa bouche, il ne fut ni cruel ni brutal. Son contact était ferme et enjôleur, et elle sentit qu'il l'amenait à ouvrir les lèvres, à accueillir l'invasion de sa langue. Elle était à peine consciente, à présent, de nouer ses bras autour de sa nuque et de se cambrer contre lui.

Quand il s'écarta, elle lâcha un cri de frustration, rouvrit les yeux, vit son sourire sensuel, et sentit son cœur s'emballer.

La main de Leo, immobilisée sur sa taille, se glissa soudain sous son vêtement, provoquant en elle une onde électrique. Ses doigts se faufilèrent plus haut, enveloppant son sein, le délivrant de sa gaine de tissu.

Angel ne se sentait plus du tout connectée à la réalité. C'était comme si une part d'elle-même, détachée et extérieure, la regardait avec effarement tandis qu'elle se laissait toucher ainsi. Pourtant, elle était envoutée.

Il effleura la pointe durcie de son sein, puis, soudain, souleva son T-shirt et contempla sa poitrine exposée. Elle en éprouva un regain de désir. Quand il inclina la tête et qu'il aspira le mamelon rosé entre ses lèvres, ses doigts se crispèrent sur ses épaules tant son plaisir était aigu.

Elle dérivait de plus en plus vite vers le point de non-retour. Cela lui faisait presque peur. En sentant sa main entre ses cuisses, elle sombra. C'était la toute première fois qu'elle perdait ainsi le contrôle de son propre corps…

Il la caressa à travers son jean, mais le tissu n'était

qu'une protection dérisoire, et il savait aviver son plaisir avec précision. Sa bouche titillait son sein, lui arrachant presque des cris de frustration. Elle voulait qu'il arrête… et qu'il continue. Les sensations exquises qu'elle éprouvait oblitéraient le monde extérieur.

— Leo…, murmura-t-elle d'une voix rauque.

Avec une soudaineté presque cruelle, il cessa son manège et la repoussa. Pendant un long moment, elle resta choquée, haletante, le cœur battant, le corps moite. Il la rajusta d'un geste brusque.

Elle s'aperçut que ses doigts avaient agrippé sa chemise et se hâta de la lâcher comme si le tissu brûlait. Ses jambes se dérobèrent sous elle. Il émit un juron étouffé et la redressa, la ramenant vers le fauteuil et l'y faisant asseoir.

Tête basse, le visage dissimulé à demi par ses cheveux, elle avait l'impression d'avoir le corps en feu. Et d'être mise à nu, vulnérable. Il avait voulu l'humilier, et elle lui avait donné la partie belle en s'abandonnant sans vergogne entre ses bras. Ah, il devait bien rire ! Elle s'était livrée à lui alors qu'il l'accusait d'être une voleuse !

Elle avait cru être amoureuse, à l'université. Pourtant, Achille n'avait pas pu… Alors qu'avec cet homme qui la méprisait…

— Angel…

Elle tressaillit d'un mouvement brusque, s'apercevant trop tard qu'il lui tendait un verre d'alcool. Le verre se fracassa dans l'angle de la pièce, son contenu se répandit à terre.

— Je suis désolée, j'ai…, commença-t-elle.

— Vous auriez pu vous contenter de refuser, coupa-t-il. Nous sommes aussi impliqués l'un que l'autre dans ce qui vient de se produire. Alors, ne jouez pas les vierges effarouchées.

*S'il savait!* pensa-t-elle. Le bris du verre lui faisait presque plaisir, et, en même temps, elle aurait aimé nettoyer les dégâts. Elle avait envie de gifler Leo et, parallèlement, elle voulait être dans ses bras, être encore embrassée…

Eprouvant le besoin de s'éloigner de lui, elle se leva en vacillant et alla se pencher pour ramasser les éclats. Mais il la saisit par le bras, sous l'aisselle, et la força à se relever.

— Laissez ça. Quelqu'un va nettoyer.

Baissant les yeux vers ses mains, il ajouta :

— Vous saignez.

Elle n'avait rien senti. Mais elle vit en effet qu'un de ses doigts saignait, entaillé d'une vilaine coupure. Lui ôtant des mains le morceau de verre qu'elle avait ramassé, il le posa sur la table. Puis, soutenant sa main ensanglantée, il décrocha le téléphone et lança des instructions laconiques dans un grec impeccable.

Quand il l'entraîna hors de la pièce, dans le grand escalier, sans cesser de soutenir la main, elle se laissa faire, incapable de rassembler ses esprits. Il la mena dans une vaste salle de bains, alluma le plafonnier et fouilla dans un placard. Se rendant compte qu'il sortait une trousse de première urgence, elle protesta :

— Oh, non ! Je peux m'en charger.

— Asseyez-vous et laissez-vous faire, coupa-t-il.

Elle obtempéra. Médusée, elle le vit s'agenouiller pour inspecter la blessure. Soudain, portant son doigt blessé à ses lèvres, il le suça. Elle tenta de retirer sa main, mais elle n'était pas de taille. Enfin, la laissant aller, il inspecta de nouveau la blessure :

— Je suis sûr il n'y a pas d'éclat fiché dedans. La coupure est profonde mais je ne crois pas qu'il faille des points de suture.

Il nettoya la plaie avec douceur avant de lui poser un pansement. Ayant accompli sa tâche, il la ramena au rez-de-chaussée, l'introduisant cette fois dans un salon de l'autre côté du hall.

Elle entrevit une silhouette armée d'une pelle et d'un

balai, sortant hâtivement du bureau. Comme Leo la lâchait, elle se laissa choir sur le canapé proche : elle ne se sentait pas capable de tenir debout.

Leo remplit un verre d'alcool et le lui tendit, l'air sombre. Elle accepta le verre à deux mains sans oser lever les yeux. Elle n'avait pas l'habitude de boire. Mais, en cet instant, elle avait grand besoin d'un cordial !

# 3.

Comme Angel saisissait le verre à deux mains d'un geste étrangement enfantin, Leo se sentit troublé malgré lui. Il avait une bonne envie de la gifler, mais il désirait aussi la renverser sur les coussins et achever ce qu'ils avaient commencé. Leur récente étreinte restait vivement présente à sa mémoire.

Il n'avait pas eu l'intention de s'imposer à elle. S'il l'avait embrassée, c'était dans un accès de rage : il ne supportait pas l'effet viscéral qu'elle avait sur lui. Mais il avait vite perdu la maîtrise de lui-même. Il ne se souvenait pas d'avoir éprouvé un désir aussi ardent. C'était uniquement lorsqu'elle avait murmuré « Leo » d'une voix rauque, en frémissant contre lui, qu'il était sorti de cette sorte de transe.

Débarqué à Athènes depuis peu, il était encore étourdi à l'idée du bouleversement de son existence, qu'il avait pourtant décidé lui-même. Se sentant vulnérable, il se versa une rasade d'alcool et tenta de rassembler ses esprits. Ses facultés s'étaient altérées dès qu'il avait reconnu Angel sur l'écran de contrôle.

Il ne pouvait nier qu'il avait éprouvé une véritable excitation sensuelle en la voyant gagner la maison. Comme elle s'était dirigée vers l'entrée côté cuisine, et non le perron principal, il avait su qu'elle méditait quelque chose de répréhensible. Et quand elle s'était faufilée dans les couloirs, comme une voleuse qu'elle était, il n'avait plus eu de doute.

Quelque temps plus tôt, il avait, à contrecœur, émis l'hypothèse qu'il l'avait peut-être jugée trop vite. Mais sa vénalité patente, ce soir, révélait qu'il s'était ridiculisé. Une fois de plus. L'expérience ne lui avait-elle donc rien appris ? N'avait-il pas vu en action les mondaines au cœur sec de New York ? songea-t-il.

Tout en lampant son whisky, il se persuada que sa venue en Grèce n'avait rien à voir avec la femme qui était à présent assise sur son canapé. Il savait très bien comment s'y prendre pour cesser d'en être obsédé ! Ensuite, il pourrait vivre sa vie comme il l'entendait.

Sur le canapé, son verre entre les mains, Angel avait l'impression d'attendre un verdict. Leo lui tournait le dos depuis un moment, et sa tension évidente avait raison de ses nerfs malgré l'effet rassurant de l'alcool.

Quand il se retourna enfin, il affichait un air impénétrable. Pas un instant il n'avait manifesté une once d'humanité — sauf lorsqu'il avait soigné sa blessure. Elle se rappela de quelle façon il avait sucé son doigt, et un trouble agita son bas-ventre. Elle déglutit péniblement.

Le soir de la réception, elle l'avait pris pour un invité à cause de son accent américain un peu traînant. Jamais elle n'aurait imaginé que cette voix caressante pouvait avoir la dureté de l'acier. Mais n'était-il pas Leonidas Parnassus ? Le maître d'Athènes, pour ainsi dire. Et elle était sa pire ennemie. Plus que jamais, après ce qui venait de se produire, comprit-elle avec une horrible sensation de peur.

Leo prit place dans un fauteuil, face à elle, adoptant une pose dominatrice, d'une virilité troublante. Elle s'empourpra.

— Pourquoi êtes-vous venue le soir de la réception ?

*C'est insensé !* pensa-t-elle.

— Je vous l'ai déjà expliqué. Je ne savais pas où nous allions faire le service. Et je n'aurais pas pu refuser, j'aurais été renvoyée.

— Vous avez tout de même perdu votre travail, souligna-t-il d'une voix doucereuse.

Comment le savait-il ? se demanda-t-elle en réprimant un tressaillement. Il était vrai qu'il n'était pas difficile de déduire les conséquences de la conduite qu'elle avait eue ce soir-là… Savait-il aussi qu'elle travaillait depuis comme femme de chambre dans le très chic hôtel Grande-Bretagne où elle enchaînait souvent deux tranches horaires des trois/huit ? Il jubilerait sans doute d'apprendre qu'elle occupait des postes où l'on ne menait pas d'enquêtes approfondies sur les employés. Comme Delphi allait encore à l'université, elle voulait éviter d'attirer sur leur nom l'attention de la presse. Elle évitait donc de postuler pour des emplois plus prestigieux — dont on l'aurait évincée de toute façon, à cause de la honte attachée à sa famille.

— Ma photo a paru dans tous les journaux à ma première arrivée ici, reprit Leo. Votre père s'agitait tel un rat dans un navire en perdition en quête d'une planche de salut. Et vous voudriez me faire croire que vous n'aviez aucune idée de mon identité lorsque vous m'avez vu ce soir-là ?

Angel secoua la tête. Elle n'en avait réellement rien su. Elle avait évité de lire tout ce qui concernait les Parnassus et leur retour triomphal. C'était trop pénible. Et elle avait été préoccupée par la situation de sa sœur.

Une saine colère la souleva face à l'arrogance de cet homme et à la menace qu'elle ressentait en sa présence.

— Croyez-le ou pas, mais je l'ignorais ! Votre famille a accompli la ruine de la mienne. Ça ne vous suffit pas ?

Il laissa échapper un rire bref et dur.

— Je ne vois pas en quoi cela pourrait me satisfaire. J'ai la preuve — enregistrée qui plus est — que vous avez l'intention de ranimer la vendetta ! Vous avez certainement quelque chose à y gagner, fit-il, ses yeux lançant des éclairs.

Angel le toisa, même si elle s'en voulait de l'avoir provoqué. Elle avait presque oublié la raison de sa venue, tant elle était troublée par cet homme.

— Tenez-vous à distribuer les bons points et les mauvaises notes ? continua-t-il, la faisant frémir. Nous n'avons rien fait contre vous ! Seules la cupidité et l'incompétence de votre père ont provoqué l'effondrement de la compagnie maritime Kassianides. Il nous a suffi de fusionner avec Levakis Enterprises, ce qui a fait ressortir la faiblesse intrinsèque de sa position.

Angel déglutit péniblement. Tout ceci était vrai. Elle ne pouvait reprocher ni à Leo ni à Georgios Parnassus d'avoir nui concrètement à sa famille. Son propre père était l'auteur du désastre.

— Quoi qu'il en soit, reprit Leo, je me trouve face à un intéressant dilemme.

Elle se garda de demander lequel. Il ne demandait pas mieux que de l'éclairer !

— Bien que nous ayons assouvi une vengeance méritée en pulvérisant la fortune des Kassianides, jusqu'à les faire tomber plus bas aujourd'hui que nous ne l'étions nous-mêmes voici soixante-dix ans, cette revanche sonne creux, en quelque sorte. Votre incroyable impudence de ce soir exige une compensation plus… tangible.

Angel fut prise de panique. Il lui semblait qu'un nœud coulant invisible était en train de l'étrangler peu à peu.

— Pourtant, dit-elle en trahissant son désespoir, rien n'est plus tangible qu'une banqueroute.

— C'est votre père qui est en train de faire faillite, rétorqua-t-il, pas vous ! Je pense à mon grand-oncle, accusé d'avoir violé et assassiné une femme enceinte, originaire d'une très puissante dynastie athénienne. Je pense à toute une famille contrainte à l'exil sous la menace d'une enquête criminelle qu'elle n'avait pas les moyens d'assumer. Je pense à la peine de mort qui pesait comme une épée de Damoclès sur la tête de mon grand-oncle. Sans parler du scandale qui a perduré des années !

— Arrêtez, implora Angel.

Elle ne connaissait que trop bien cette horrible histoire qui lui soulevait le cœur. Sa prière resta sans effet.

— Saviez-vous que mon grand-oncle n'a pas surmonté la honte de cette calomnie et qu'il s'est suicidé ?

Angel fit signe que non. Les choses étaient encore plus graves qu'elle ne l'avait imaginé !

— Je l'ignorais, murmura-t-elle, révulsée et bouleversée.

— Il aimait votre grand-tante, le pauvre insensé ! continua Leo. Et parce que votre clan ne supportait pas qu'une de leurs précieuses filles fraie avec un simple ouvrier, il a anéanti leur histoire d'amour.

— Je suis au courant.

Une fois de plus, Leo ricana.

— Certes. Tout le monde est au courant, maintenant. Grâce à un misérable vieil ivrogne qui ne supportait plus le poids de sa faute. Car c'était lui l'auteur du crime. Et lui qui l'avait maquillé. Votre arrière-grand-père a acheté les complicités nécessaires.

*Les Kassianides*, pensa-t-elle, *avaient assassiné un membre de leur propre famille et avaient ensuite couvert le crime en lâches qu'ils étaient.*

Se forçant à soutenir le regard de Leo, en dépit de sa honte, elle fit observer :

— Je ne suis pas responsable de ce qu'ils ont fait.

— Moi non plus ! Pourtant, j'ai payé pour ça depuis ma naissance. J'ai vu le jour sur un autre continent, en exil, et ma langue maternelle est l'anglais et non le grec. J'ai vu dépérir ma grand-mère, minée par le drame et l'impossibilité de son retour au pays.

Angel voulait l'implorer d'arrêter mais elle n'osait. Il continua sans désemparer :

— Mon père était si obsédé par cette histoire que cela a empêché toute véritable relation entre nous, et qu'il a perdu sa première femme. J'ai mûri trop vite et trop tôt, conscient d'une terrible injustice, animé par le besoin de redresser les torts qu'on nous avait causés. Pendant que vous alliez en classe et que vous vous faisiez des amis, je me demandais à quoi aurait ressemblé ma vie si mon père et ma grand-mère n'avaient pas été forcés de quitter la Grèce. Et ce que nous avions fait pour mériter un tel opprobre. Grandir avec un père absent, s'entendre constamment rappeler qu'on est chez soi nulle part, qu'on n'aura jamais de racines, savez-vous ce que c'est ?

Angel secoua la tête. Il n'apprécierait pas qu'elle exprime la solitude qu'elle avait vécue dans la pension catholique ultraconservatrice du fin fond de l'Irlande où son père l'avait expédiée. Sa pire expérience là-bas n'approchait pas ce que Leo avait souffert.

— Je vous en prie, murmura-t-elle, dites-moi ce que vous voulez ou laissez-moi partir.

— C'est très simple. Je vous ai désirée dès que je vous ai vue et je vous désire encore. En dépit de ce que vous êtes.

— Je... ce n'est pas possible... vous ne..., balbutia-t-elle.

Affolée, elle se leva et posa le verre sur la table d'une main tremblante. Il se mit debout à son tour, et la dévisagea.

— Rasseyez-vous, nous n'avons pas terminé.

Elle eut un signe de tête négatif. Il haussa les épaules comme s'il n'en avait cure.

— Vous allez payer pour tout ce que vous m'avez fait. Dans mon lit. Vous serez ma maîtresse.

Angel faillit éclater d'un rire hystérique. Glacée par son expression, cependant, elle lâcha :

— Seigneur. Vous êtes sérieux.

— Pardi. Je ne plaisante pas sur de telles choses.

Me jugez-vous naïf au point de croire que votre père va renoncer ? Je vous veux, et je vous veux à ma portée — loin de lui et de ses machinations. A en juger par notre ardeur mutuelle, cela n'aura rien de désagréable.

Angel ressentit un frémissement au creux du ventre et chancela.

— Vous voulez coucher avec moi.

— Entre autres.

— Mais…

— Il n'y a pas de « mais ». On nous a vus à la réception. Je ne vous permettrai pas d'en tirer parti. Et n'oublions pas votre fiasco de ce soir. Vous êtes un danger et une menace. Vous avez eu l'audace de vous introduire chez moi par deux fois, et vous allez le payer.

— Mon père…

Elle s'arrêta brusquement, pensant : « *Il me tuera.* » Une peur qui s'enracinait dans son passé le plus lointain la terrassa.

— Je me fiche de votre père ! J'espère qu'il sera mortifié de savoir que son ennemi couche avec sa précieuse fille aînée. Tout le monde saura que vous êtes bonne à réchauffer mon lit en attendant que je passe à autre chose, peut-être même que je me marie. Quoi que vous ayez comploté tous les deux, cette partie se jouera selon mes règles. Et dites-lui bien que votre statut de maîtresse ne lui vaudra aucune faveur douteuse. Nous n'allons certes pas le tirer d'affaire.

Angel le dévisagea, ahurie par le tour que prenait la conversation. Elle ne voyait pas l'utilité de révéler la nature désastreuse de sa relation avec Tito. Il ne l'aurait pas crue.

Elle sentait peser sur elle tant de choses ! Et les mots froids et calculateurs de Leonidas Parnassus n'étaient pas le moindre de ces poids. Elle avait envie de hurler qu'elle ne voulait pas de lui, qu'elle ne le désirait pas. Pourtant, ces mots ne franchissaient pas ses lèvres. En toute honnêteté, elle avait peur de sa réaction. Elle n'avait toujours pas digéré ce qui s'était passé dans le bureau. Elle se sentait vulnérable face à lui.

Le sentiment d'être acculée la tira enfin de la passivité qui s'était abattue sur elle. Elle n'allait pas tolérer ça ! Plutôt avoir affaire à la police que de subir cette situation !

— Je ne tirerai aucun profit de cette liaison parce qu'elle n'existera jamais ! Vous ne pouvez pas acheter ma complaisance.

Il l'observa d'un air cynique, puis lâcha :

— C'est juste. Je ne vous paierai pas. Mais vous accepterez. Si inopportun qu'il soit, notre désir mutuel est indéniable. Il y a un instant, vous vous êtes enflammée comme de l'amadou entre mes bras. Et vous avez une dette à mon égard après votre prouesse de ce soir.

Une vague de chaleur l'embrasa au rappel de son abandon sensuel. Elle déclara cependant avec fierté :

— Je ne le ferai pas. Vous êtes le dernier homme dont je voudrais partager le lit.

Là-dessus, elle s'élança vers le seuil. Mais à l'instant où elle agrippait enfin la poignée de la porte, il laissa tomber juste au creux de son oreille :

— Vous n'espériez tout de même pas que je vous laisserais sortir ?

Pourquoi ne tournait-elle pas le bouton, bon sang ? se demanda-t-elle en faisant volte-face.

— Vous ne pouvez pas m'en empêcher, prétendit-elle avec une feinte assurance.

— Oh, mais si ! lui assena-t-il.

Acculée au battant de la porte, elle ramena sa main en arrière, cherchant la poignée à tâtons.

— Et que pourriez-vous faire ? rétorqua-t-elle. M'enlever ? M'enfermer ?

— Vous regardez trop de mauvais feuilletons, répliqua-t-il. Bien que je vous aie surprise en flagrant délit de vol et que je sois en droit d'alerter la police, je suis disposé à passer l'éponge. Je ne tiens pas à ce que notre relation soulève plus de controverses médiatiques qu'elle n'en provoquera déjà lorsqu'elle sera de notoriété publique.

— Nous n'avons *pas* de relation ! explosa-t-elle. Et je ne…

Elle se tut brusquement. Leo ne l'avait pas observée assez longtemps pour la voir sortir le testament de sa poche ! Elle serait donc contrainte d'expliquer comment il était en sa possession. Or, il s'agissait bien d'un vol, même si elle n'en était pas l'auteur. Bref, elle était victime des méfaits de son père et du désir impulsif qui l'avait poussée à rectifier sa faute.

Elle ne pouvait pas préférer l'intervention de la police ! Les médias s'empareraient du scandale. Delphi aurait à en souffrir. Elle était coincée, pensa-t-elle.

Leo, qui n'avait cessé de l'observer, affirma :

— Oh si, nous avons une relation. Elle a commencé le soir de la réception, Angel. Depuis, j'ai obtenu sur vous quantité d'informations.

— Comment ça ? Quelles informations ?

— Eh bien, je sais que vous avez fait les Beaux-Arts et une spécialisation en création de joaillerie. Et que vous n'avez jamais quitté le foyer familial depuis votre sortie de fac. Ce qui tend à prouver que vous êtes très proche de votre père.

C'était de *Delphi* qu'elle était proche. Elle avait voulu lui apporter un peu de la stabilité qui leur avait tant manqué. Après la mort de Damia, elles s'étaient tournées l'une vers l'autre pour s'apporter un soutien mutuel, lorsque Angel était revenue d'Irlande.

Leo continua avec une sympathie feinte et ironique :

— Depuis la déroute financière de Tito, vous avez dû joindre les deux bouts en travaillant pour l'entreprise de restauration, puis comme femme de chambre au Grande-

Bretagne. Ce doit être dur, non, de changer les draps de vos anciens pairs ? Je m'étais demandé comment il se faisait qu'une fille de votre éducation et de votre classe soit simple serveuse. Je comprends maintenant que vous vouliez éviter d'attirer l'attention sur votre déshonneur familial. Vous espériez sans doute dénicher un riche mari et resurgir dans les hautes sphères une fois que le nom des Kassianides serait un peu oublié.

— Vous vous trompez complètement !

Il ignora l'interruption.

— L'information la plus intéressante, peut-être, est que Stavros Stephanides et votre sœur sont pour ainsi dire fiancés et veulent se marier. Mais le père de Stavros s'y oppose.

Elle fut assommée. Elle n'avait pas anticipé ce coup-là !

— Co-comment savez-vous ça ? balbutia-t-elle.

— Voici ce que je vous demande : est-il important pour vous que votre sœur épouse Stavros Stephanides ? continua-t-il sans daigner répondre.

Recouvrant sa présence d'esprit, Angel haussa les épaules en espérant qu'elle jouait l'indifférence de manière crédible. Son instinct lui soufflait que Leo s'acharnerait à empêcher ce mariage s'il en mesurait l'importance. S'essayant à sourire de façon cynique, elle affirma :

— Ils sont jeunes et amoureux. Je pense pour ma part que ce serait prématuré. Mais ils veulent se marier, en effet.

— Vous trichez, Angel. Je suis sûr que ce mariage est de la plus haute importance à vos yeux. Sinon, auriez-vous tenté d'intervenir auprès de Dimitri Stephanides ?

Comment diable avait-il découvert cela ? se demanda-t-elle, atterrée. Avait-il un don de double vue ?

— Mais je..., commença-t-elle, incapable de poursuivre.

— Selon moi, reprit Leo, votre sœur veut mettre le grappin sur un riche mari avant que vous soyez sur la paille. Si elle obtient un engagement avant que la lamentable situation financière de votre père soit publique, elle sera à l'abri. Et vous le serez aussi par procuration, en quelque sorte.

Il ajouta :

— En un sens, je ne vous blâme pas. Vous n'êtes que deux pauvres petites filles riches qui s'efforcent de survivre. Vous ne semblez pas avoir conscience que la plupart des gens travaillent pour subsister.

Révoltée, Angel se jeta sur lui, toutes griffes dehors. Il fut prompt à parer son assaut et à lui emprisonner les poignets.

— Vous n'avez aucun droit de parler de la sorte ! Vous ne savez *rien* de nous ! Rien du tout ! s'écria-t-elle.

Il la considéra, un peu perturbé par l'intensité passionnée de sa réaction. Ses seins haut placés se soulevaient sous l'effet de son agitation intérieure, et cela l'excita. Bon sang, qui cherchait-il à duper ? Son émoi sensuel n'avait cessé de croître depuis leur échange dans le bureau. Cependant, de quel droit osait-elle s'en prendre à lui comme s'il l'avait gravement insultée ?

Décidé et implacable, il l'attira plus près de lui, considérant ses pommettes empourprées de colère. Il inclina la tête, réprimant un gémissement tant sa bouche était maintenant proche de la sienne. Il huma son odeur si fraîche et si pure, avec un léger soupçon musqué qui avait le don de titiller ses sens. Cette femme savait ce qu'elle faisait, oh oui !

— Je n'en ai pas fini avec vous, fit-il.

— Si. Je veux m'en aller maintenant.

Il perçut le tremblement de sa voix, son haleine tiède. La tentation était forte d'écraser de nouveau ses lèvres sur cette bouche si douce. Mais quelque chose le retint.

— Je n'ai pas encore révélé tout ce que je sais. Je peux vous offrir une chose que vous ne pourrez pas refuser, malgré vos protestations hautaines.

Angel réussit enfin à lui échapper et recula d'un pas. Elle était ravagée de constater qu'il était si bien informé, et qu'elle se troublait dès qu'il s'approchait d'elle.

— Ça m'étonnerait ! riposta-t-elle.

— Je peux convaincre Dimitri Stephanides de donner sa bénédiction à ce mariage.

Angel en resta bouche bée malgré elle.

— Comment ça ? Que voulez-vous dire ? demanda-t-elle quand elle eut recouvré sa voix.

— Ah, lâcha-t-il d'un ton railleur. Vous ne considérez plus qu'ils sont trop jeunes pour se marier ?

Elle vit flamber dans son regard une lueur de triomphe. Maudit soit-il ! Il tombait juste. Mais pour de mauvaises raisons.

— Expliquez-vous, fit-elle.

— C'est très simple. Dimitri veut faire des affaires avec moi. A mon dernier passage à Athènes, il m'a parlé de l'idylle de votre sœur avec son fils. Il m'a fait part de sa vive désapprobation en pensant me flatter, étant donné le passé qui nous oppose. Sur le moment, je n'y ai pas attaché grande signification. Mais les choses ont... évolué. Dès que vous serez publiquement ma maîtresse, il se mettra en quatre pour se faire pardonner, terrifié à l'idée de m'avoir livré des commentaires plus que défavorables. Je peux consentir à une collaboration d'affaires avec lui à la condition qu'il autorise Stavros à épouser votre sœur.

— Il n'acceptera jamais ! observa Angel, malgré un involontaire élan d'espoir. Il nous hait.

— Il fera *ce que je veux*, croyez-moi, déclara Leo, souverain. Il est prêt à tout pour gagner mes faveurs.

Impulsivement, Angel s'affala sur une chaise proche. Leo lui faisait miroiter ce qu'elle désirait le plus : que tout aille bien pour Delphi. Peu importait ce qu'il pensait ! Elle devait faire ce qu'il fallait, un point c'est tout. Elle leva les yeux sur sa haute silhouette dominatrice.

— Et votre condition pour agir en ce sens est que je devienne votre maîtresse ?

— N'essayez pas de vous poser en victime infortunée, fit-il avec un regard de colère. Notre désir est réciproque. Vous vous obstinez à le nier, c'est tout.

— Mais quoi qu'il en soit, vous n'aiderez Stavros et Delphi que si j'accepte de partager votre lit ?

Il haussa les épaules avec insouciance.

— Mettons que je me moque éperdument de leur sort. Pourquoi me donner du mal sans aucune contrepartie ?

— La contrepartie, c'est moi, en l'occurrence, dit-elle d'une voix atone.

Etait-elle insensible à sa proposition ou scandalisée ? Elle se sentait incapable d'en décider, et s'en voulait. Mais sa conscience la tarabustait. Pouvait-elle refuser le bonheur pour Stavros et Delphi, quelle qu'en fût la source ? D'autant que Delphi était déjà enceinte de trois mois. Elle ne supporterait jamais le scandale…

Soudain, la réalité s'imposa clairement à l'esprit d'Angel : elle n'avait pas le choix.

— Si j'accepte, il y a une condition.

— J'écoute.

— Je veux qu'ils se marient au plus tôt.

De nouveau, elle vit se peindre une expression cynique sur le visage de Leo.

— N'allez pas imaginer que ce mariage sonnera la fin de notre liaison. Je vous libérerai lorsque ça me chantera.

Elle frémit. Comment réagirait-il lorsqu'il découvrirait sa virginité ? Il n'était pas du genre à batifoler avec des novices…

Il la jaugea un instant du regard, puis ajouta :

— Mais je ne vois aucune raison de refuser cette requête. Du moment que vous êtes mienne dès maintenant.

Angel devint livide.

La voyant pâlir ainsi, Leo s'approcha d'elle et, d'un

geste félin, glissa une main dans ses cheveux, caressant sa nuque. Le contact des mèches soyeuses aviva son désir, rendant son intonation plus rauque :

— Il faut battre le fer quand il est chaud. Je vais vous faire conduire chez vous pour que vous preniez quelques affaires, puis on vous ramènera ici sans tarder.

# 4.

Moins de trois heures plus tard, Angel était dans le vestibule de sa maison familiale, une valise posée près d'elle. Quand elle avait enfin quitté la villa Parnassus, elle s'était aperçue avec effarement que l'aube était proche. Heureusement, son père n'était pas à la maison. Sa belle-mère, plus tourmentée que jamais, l'avait informée qu'il était parti à Londres la veille au soir pour tenter d'obtenir un prêt de ses cousins. Angel avait été soulagée d'éviter une confrontation inévitable — il savait sans doute qu'elle s'était emparée du testament.

Allant réveiller sa sœur, dans sa chambre, elle l'avait mise au courant des derniers développements, en taisant cependant la raison de son installation chez Leo Parnassus. Delphi s'en était vivement inquiétée.

— Mais, Angel, ils nous haïssent ! Et tu dis que tu l'as rencontré à cette réception et que tu en es folle… C'est arrivé si soudainement ! Pourquoi me l'as-tu caché ?

Sans plaisir, Angel avait menti à sa sœur, avec un sourire forcé. Elle avait prétexté qu'elle avait eu peur que leur père ne l'apprenne.

— Et puis je ne voulais pas t'inquiéter, Delphi. Je ne savais pas moi-même à quoi m'en tenir, ni s'il reviendrait en Grèce. Mais il… il veut que j'emménage avec lui. Je sais que ça semble bizarre, précipité et à peine croyable… Ecoute, tu dois me faire confiance. Je t'en prie ! Je sais ce que je fais.

Delphi avait interprété sa rougeur et son embarras comme des signes de trouble amoureux. Cependant, ce n'était pas sans l'avoir interrogée longuement qu'elle avait fini par se rasséréner.

Angel lui avait alors expliqué les relations de Leo avec le père de Stavros et la promesse qu'il lui avait faite. Delphi avait été aux anges. Angel n'avait eu d'autre choix que de suivre son destin.

De toute façon, Leo pouvait alerter la police et l'accuser de vol. Aucun tribunal ne mettrait ses propos en doute au vu des preuves qu'il détenait. Et elle ne pouvait pas compromettre les chances de bonheur de Delphi et de Stavros, ni l'avenir de leur bébé.

Pour la première fois, Delphi avait réagi en adulte.

— Angel, tu n'as pas à tout assumer, tu sais. Ce que tu fais est largement assez. Je serai très bien ici, je t'assure. Il est temps que tu vives ta vie.

Si elle ne s'était sentie au bord des larmes, Angel en aurait presque ri. Sa liberté serait inexistante tant que Leo ne serait pas lassé d'elle. Elle n'avait qu'un espoir : qu'il soit rebuté par son inexpérience, et se satisfasse de l'exhiber comme maîtresse jusqu'au moment où il estimerait avoir reçu une compensation suffisante.

Seigneur ! pourquoi éprouvait-elle une sorte de frustration à l'idée de cette éventualité ? Elle refoula cet étrange sentiment, et téléphona à l'hôtel Grande-Bretagne pour donner sa démission. Poussant alors un soupir, elle prit sa valise. Il était temps de partir.

— Votre père est à la villa lui aussi, j'imagine ?

Leo avait fait visiter à Angel une chambre seigneuriale dont la splendeur raffinée l'avait éblouie. Son propre père n'avait jamais manifesté beaucoup de goût : il s'imaginait que des robinets en or étaient l'alpha et l'oméga du luxe et de la richesse.

Gênée parce qu'il lui désignait la porte communicante qui donnait dans sa chambre, elle avait lancé cette question pour se donner une contenance. Pivotant sur lui-même, il s'appuya au chambranle dans une attitude décontractée. Depuis son retour, elle avait constaté avec irritation qu'il semblait aussi frais et dispos que s'il avait dormi sur ses deux oreilles. Pour sa part, elle éprouvait le besoin de se laver, se sentait les yeux battus. Et elle demeurait hébétée par le tour pris par les événements.

Leo la ramena au présent.

— Mon père séjourne sur son île pendant une durée indéterminée. Les médecins lui ont recommandé d'éviter le stress. Pas question qu'il reste à Athènes : il n'y songerait qu'à travailler, même dans l'état où il se trouve.

Angel perçut son amertume, et se remémora avec inconfort les confidences qu'il avait faites sur sa relation avec Georgios Parnassus. De façon irrationnelle, elle se sentit coupable. Elle ne pouvait lui manifester aucune empathie, il l'aurait remise à sa place. D'ailleurs, il continuait déjà la visite.

Elle avait vu l'immense salle de bains de la suite. A présent, il lui montrait le dressing. La jaugeant soudain du regard — elle portait encore sa tenue de la veille —, il déclara, à demi-railleur :

— Une styliste viendra demain pour élaborer votre garde-robe. Il faut que vous ayez l'air d'une femme entretenue à dater de maintenant, n'est-ce pas ?

Entrevoyant le vaste lit du coin de l'œil, elle se sentit à cran, aussi répliqua-t-elle avec une nonchalance étudiée :

— Surpassez-vous. Remplissez ce dressing, et je tiendrai mon rôle.

Il se rapprocha d'elle, un sourire cynique aux lèvres.

— Je ne crois pas que vous aurez à jouer la comédie.

D'où vient cette attitude ombrageuse ? J'étais certain que vous jubileriez d'être ma maîtresse. N'oubliez pas que je viens de New York, l'habitat naturel des croqueuses de diamants mondaines. La noirceur de votre âme ne me surprendra pas, vous savez.

Elle chercha vainement une réplique tandis que Leo consultait sa montre.

— Je dois me rendre au bureau. Si vous vous reposiez un peu ? Vous avez l'air fatiguée.

Là-dessus, il s'éclipsa et elle se retrouva seule. Gagnant la salle de bains, elle s'examina dans la glace. Elle paraissait en état de choc. Elle se déshabilla et s'attarda sous la douche.

Ensuite, elle se sécha, tira les rideaux et s'allongea sur le lit moelleux. Elle s'endormit aussitôt.

Une sensation de balancement la ramena à la conscience, et elle se tourna instinctivement vers la voix grave, bien modulée, qui parvenait à ses oreilles. Un sourire erra sur ses lèvres. Le balancement s'accrut, la voix grave devint plus sonore :

— Angel.

Elle ne rêvait pas, pensa-t-elle, ouvrant les yeux et se redressant en sursaut. Elle se trouvait face à Leo Parnassus, assis bien trop près d'elle sur le bord du lit. Tout lui revint en un éclair.

Elle ramena vivement le drap devant elle, bien qu'elle fût en pyjama, et s'écarta de lui le plus possible. Depuis combien de temps l'observait-il ? Elle n'aimait pas qu'il l'ait vue dormir. Elle se sentait mise à nu.

Leo se leva, et elle lui demanda d'une voix rauque :

— Quelle heure est-il ?

— 8 heures du soir, répondit-il.

— J'ai dormi toute la journée ? s'écria-t-elle.

Il acquiesça et alla tirer les rideaux, révélant le coucher du soleil. Elle se sentit tout à fait désorientée. Leo se dirigea vers le seuil.

— Le dîner sera servi dans une vingtaine de minutes. Je vous attends en bas, dit-il sans lui accorder un regard.

Leo patientait devant les doubles fenêtres du salon qui s'ouvraient sur la terrasse. Le fait d'être de retour à Athènes et d'avoir Angel chez lui, vingt-quatre heures après sa descente d'avion, lui semblait bizarrement à la fois irréel et normal.

Quand il l'avait appelée, tout à l'heure, elle s'était tournée vers lui avec un doux sourire, dans son demi-sommeil, et, songeant à leur toute première rencontre, il avait eu envie de déposer un baiser sur ses lèvres. Mais, lorsqu'elle avait ouvert les yeux, il avait vu que son regard restait sombre.

Avec ses cheveux emmêlés et son épaule à demi dénudée, il l'avait trouvée follement sexy, mais aussi très vulnérable et il s'était senti mal à l'aise en pensant à l'évolution rapide de la situation depuis qu'il l'avait surprise dans le bureau. Les trois heures où il avait attendu son retour n'avaient pas été faciles pour lui. Il avait craint qu'elle ne revienne pas. Qu'elle ose le défier, en dépit de tout.

Il se rendit compte qu'il avait serré les poings à cette pensée, et se força à se détendre.

*Elle s'était introduite chez eux pour voler.*

Avec effort, il repoussa ses inquiétudes. Le désir le tenait dans ses griffes. Ce soir, il aurait cette femme. Et elle ne tarderait pas à se révéler aussi prévisible que toutes les autres : habile à utiliser l'émotion née de leur intimité pour tenter de le manipuler.

Percevant du bruit du côté de la porte, il pivota lentement sur lui-même. L'heure était venue pour Angel d'affronter les conséquences de ses actes.

*
* *

Angel frémit lorsqu'une domestique souriante l'introduisit dans le salon et qu'elle aperçut Leo, dos tourné, près des portes-fenêtres ouvertes dont les rideaux se soulevaient sous la brise. Comment devait-elle se comporter ? Elle n'avait aucune idée de ce qu'il attendait d'elle et se sentit très seule.

Quand il se retourna, elle fut bouleversée. Dans son jean usé qui le gainait telle une seconde peau et son polo noir qui rehaussait le brun intense de ses yeux, il semblait plus halé, plus grand et plus musclé encore…

— Venez admirer le panorama sur Athènes, suggéra-t-il.

Elle avait déjà admiré un élément du paysage, pensa-t-elle en avançant avec un demi-sourire.

Elle portait une robe droite simple, noire, et avait relevé ses cheveux en chignon. Mal à l'aise, elle rougit sous son regard. Dans un accès de curiosité passionnée, elle avait regardé des vidéos de lui,sur le Net. Et elle ne savait que trop bien quel était son genre de femme : blonde, grande, de l'allure, de l'expérience. Tout le contraire d'elle-même !

— Une tenue très « fille bien élevée », commenta-t-il lorsqu'elle parvint près de lui.

— Si j'avais su que le style informel était permis, j'aurais moi aussi mis un jean.

— J'aime la décontraction quand je suis chez moi, Angel. Ici, vous pouvez vous habiller comme il vous plaît. Vous pouvez même ne rien porter du tout, ajouta-t-il d'une voix de velours, légèrement railleuse.

Elle rougit, se demandant ce qu'il lui trouvait.

— Je n'y tiens nullement.

— Dommage.

Il remplit un verre et le lui tendit. Elle le prit, espérant que l'alcool lui donnerait du courage.

— Alors, que pensez-vous de la vue ? Magnifique, n'est-ce pas ?

Angel leva les yeux sur lui à la dérobée. Il regardait dehors, lui offrant son profil. Elle nota sa légère bosse sur le nez et le subtil renflement de la cicatrice au-dessus de sa lèvre… Détournant le regard de peur d'être surprise en pleine contemplation, elle approuva :

— Oui, c'est vraiment beau. En fait, dans un instant… Là, voilà, ça y est ! Regardez !

Elle désigna les lumières qui venaient d'illuminer l'Acropole — une vision magique qui n'avait jamais manqué de l'émerveiller. Eprouvait-il la même chose ? Elle avait le cœur serré de penser qu'elle avait grandi avec ce spectacle quotidien alors qu'il en avait été privé.

— Je n'avais pas encore assisté au moment de l'illumination, murmura-t-il.

Se sentant de plus en plus coupable, elle accueillit avec soulagement l'arrivée discrète de la gouvernante, qui apportait les premiers plats. D'un geste, Leo indiqua le coin repas à Angel.

Tandis qu'elle le précédait, il embrassa du regard ses cheveux réunis en un chignon souple, son long cou racé, puis ses jambes bien galbées, et éprouva une flambée de désir.

Il ne s'était pas du tout attendu à ce qu'elle lui désigne un panorama sans doute banal pour elle, et qui l'avait, pour sa part, émerveillé. En d'autres circonstances, il aurait été touché par ce geste attentionné.

Et sa nervosité l'intriguait. Pourquoi avait-elle recours à cette comédie dont il ne pouvait être dupe ? Elle s'était montrée nerveuse aussi dans le bureau, mais c'était, bien sûr, parce qu'il l'avait prise en flagrant délit et qu'elle avait redouté sa réaction.

Elle n'avait pas du tout le comportement qu'il avait anticipé. Il s'était attendu à une attitude belliqueuse ou de défi après la façon dont il l'avait manipulée. Ou alors à ce qu'elle cherche à tirer le maximum de son statut de maîtresse. Il n'avait jamais rencontré de femme indifférente aux avantages d'une liaison avec lui ! Ce n'était pas en jouant les effarouchées qu'elle ferait illusion !

Ils prirent place à table. Il lui décocha un regard sombre auquel elle se déroba. Elle redressa ses couverts, toujours à cran en apparence. Elle préparait quelque chose, c'était clair. Elle allait tenter de le désarmer, probablement. Elle était retournée chez elle, il ne fallait pas l'oublier, et elle avait sans doute pris l'avis de son père. Oh, bon sang ! Pourquoi s'interrogeait-il sur sa conduite ? Il n'avait pas confiance en elle, de toute manière. La seule chose qui lui importait était qu'elle remplisse son rôle de manière satisfaisante, au lit et à son bras. Le reste était indifférent !

Angel s'efforçait d'apprécier les mets délicats qui étaient servis. Mais elle ne leur trouvait pas plus de goût qu'à du papier mâché. Elle était obsédée par l'homme qui lui faisait face. Malgré elle, son regard revenait sans cesse se poser sur ses mains viriles avec une tension croissante.

Leo mangeait avec appétit alors qu'elle se posait une infinité de questions : attendait-il qu'elle couche avec lui dès ce soir ? Comment réagirait-il en constatant son inexpérience ? La rejetterait-il brutalement, comme Achille ? Et pourquoi cette éventualité lui causait-elle de la souffrance ? Pourquoi se consumait-elle en pensant à lui alors qu'il la forçait en exerçant un chantage ?

Elle était en pleine confusion et se sentait d'autant plus fragile qu'il gardait le silence. Sûrement pour la déstabiliser, pour souligner la raison de sa présence ici. Il n'essayait même pas de faire la conversation et, quand elle sentit quelque chose contre sa jambe nue, elle poussa un cri en tressaillant ; son couteau tomba à terre dans un cliquetis sonore.

La gouvernante — que Leo avait présentée sous le nom de Calista — refit son apparition. Angel se rendit alors compte que c'était son chat qui venait de l'effleurer sous la table. Calista se confondit en excuses, remplaça le couteau et s'éclipsa en emmenant le félin aventureux. De nouveau, ils étaient seuls.

Leo posa ses couverts, la faisant tressaillir une fois de plus.

— Pourquoi êtes-vous si tendue ?

Elle lui décocha un coup d'œil circonspect. Son regard était sombre, mystérieux ; son visage découpé par des ombres ; sa mâchoire légèrement bleuie par une barbe naissante.

— Je…, commença-t-elle.

Elle ne put aller plus loin. Un courant passait soudain entre eux, électrique, presque palpable, et elle se demanda si c'était cela le désir.

— Vous manquez d'appétit ? s'enquit-il.

Elle se contenta de secouer la tête. Sa gorge se serra alors qu'il rivait son regard sur sa bouche. Elle sentit comme un picotement sur ses lèvres, et s'en voulut. Bon sang, pourquoi ne lui était-il pas indifférent ? Pourquoi ne le menaçait-elle pas d'alerter la police s'il osait la toucher ?

Parce qu'il l'appellerait lui-même et la renverrait, et que Delphi et Stavros ne seraient pas plus avancés. Voilà pourquoi. Sans parler du scandale…

Mais, surtout, elle avait envie qu'il la touche. Cette vérité choquante s'imposa à elle. Depuis qu'il l'avait embrassée sur la terrasse, elle ne cessait de le désirer, de faire des rêves torrides à son sujet. Et elle avait beaucoup de peine à l'admettre. D'autant qu'elle avait renoncé à la sexualité après sa première expérience.

Repoussant son assiette, Leo se leva, le regard brûlant. Une crispation fit saillir sa mâchoire.

— Je n'ai plus d'appétit pour la nourriture, dit-il.

L'authenticité de son intonation fit vibrer une corde sensible en elle, et, quand il tendit la main, elle n'hésita qu'un instant avant de placer ses doigts au creux de sa paume. Elle chancela alors qu'il l'entraînait hors de la pièce. Au passage, ils rencontrèrent Calista, à qui Leo expliqua qu'ils étaient las et montaient se coucher.

Angel s'empourpra tandis qu'ils gravissaient l'escalier. Elle se sentait humiliée, et la panique la gagnait.

— Elle devine très bien ce que nous allons faire, murmura-t-elle.

Il répondit d'un ton dur :

— Vous êtes ma maîtresse. J'y compte bien. Et si le « téléphone arabe » est aussi efficace ici qu'à New York, la moitié d'Athènes saura demain que j'ai mis Angel Kassianides dans mon lit.

# 5.

Sa crudité abrupte laissa Angel sans voix. Elle se laissa mener dans la chambre de Leo comme si elle agissait sous la contrainte. Pourtant, une voix réprobatrice lui soufflait qu'on avait toujours le choix, quoi qu'il en coûte. Mais, si elle préservait sa dignité, Delphi aurait à en souffrir !

D'ailleurs, quand elle fut dans la chambre, elle s'aperçut qu'elle n'avait aucune envie de partir. Etait-elle en train de prendre Delphi pour prétexte afin de justifier sa reddition ? Cette interprétation était plausible, et elle n'en fut pas fière…

Soudain, elle libéra sa main de l'emprise de Leo. Le fait qu'elle soit vierge, qu'elle avait mis de côté avec une aisance étrange, s'imposait de nouveau à elle avec force. Et pour cause : le problème n'allait pas tarder à se poser…

— Je ne coucherai pas avec vous comme une concubine, dit-elle d'un air fier.

— Non. Soyons modernes, répliqua-t-il. Vous allez devenir ma maîtresse. Comme vous l'avez été avec d'autres ! Alors, pas de feinte timidité.

Il ajouta avec une raillerie cruelle :

— J'ai eu la chance de tomber sur vous lorsque vous étiez entre deux liaisons.

— Mais…, balbutia-t-elle, estomaquée, qui vous dit que je n'ai pas d'amant ?

— Je vous ai fait suivre depuis mon retour. On m'a rapporté vos moindres déplacements.

Levant la main, il ramena derrière son oreille une mèche de cheveux rebelle en ajoutant :

— Vous brûlez de retrouver le train de vie que la cupidité de votre père vous a fait perdre, n'est-ce pas ?

Il lui saisit les mains et porta ses doigts à ses lèvres, un à un. Elle sentit son cœur s'emballer tandis qu'elle repensait à ses paroles : il l'avait fait suivre ?

— Ne niez pas que vous regrettez la grande vie, Angel. Je peux vous l'offrir.

Amère d'être ainsi méjugée, elle répliqua :

— Seulement à titre temporaire.

Elle n'ignorait pas qu'il la jugerait cupide en l'entendant. Bon sang, pourquoi se souciait-elle de ce qu'il pensait ?

— Cela ne dépend que de vous, fit-il cyniquement. Du plaisir que vous me donnerez au lit…

*Le lit.* Ce mot déclencha en elle une véritable panique. Il la croyait expérimentée. Très expérimentée. Et elle devait admettre que c'était en général le cas des filles de son milieu. Elle et Delphi avaient reçu une éducation à part — car Tito était un tyran qui contrôlait tout. De plus, elle avait été enfermée dans un pensionnat pendant son adolescence. C'était contre un tel « dressage » que Damia s'était rebellée, ce qui l'avait conduite à une mort tragique.

— Ecoutez, Leo, je ne crois pas que vous compreniez…

— Il n'y a rien à comprendre, Angel, à part ceci.

Avant qu'elle ait pu réagir, il avait pris sa bouche. Elle laissa échapper un gémissement, désespérée par son trouble instantané, et agrippa machinalement sa chemise. Pourquoi cet homme avait-il tant d'effet sur elle ? Sous l'impact de son baiser, elle était si excitée qu'elle ne songeait plus à son humiliation. Elle était toute à ses sensations.

Les mains de Leo se portèrent dans son dos, firent descendre la glissière de sa robe. Angel s'écarta à demi. Elle avait le souffle court, le cœur battant, et une délicieuse sensation de meurtrissure lui chatouillait les lèvres.

Quand la fermeture fut baissée jusqu'au creux de ses reins, Leo l'attira encore à lui et caressa son dos nu. De petits frissons électriques la parcoururent, les pointes de ses seins se raidirent. Déjà, il s'attaquait à son soutien-gorge. Ça allait trop vite ! pensa-t-elle.

D'une secousse, elle s'éloigna de lui. La robe béat sur le devant, et elle s'empressa d'en ramener les pans contre elle pour l'empêcher de glisser. Tout à coup, ce qu'elle avait accepté de faire s'imposait à elle dans sa réalité crue.

Alors qu'elle s'apprêtait à parler, Leo commença soudain à se déshabiller. Elle l'observa avec des yeux dilatés, tandis qu'une sensation de chaleur gagnait le cœur de sa féminité. Quand il se tint nu devant elle, elle riva son regard sur son ventre plat, sur la touffe de poils sombres où s'érigeait son membre viril triomphalement dressé.

Une seule fois, elle avait vu un homme en état d'érection. Cela ne l'avait pas préparée à la vision impressionnante de ce mâle fier, bien planté sur ses jambes musclées.

Dans un mouvement preste, elle se retrouva dépouillée de sa robe, qui s'étala à ses pieds telle une flaque noire. Un léger cri de protestation lui échappa, mais Leo n'en avait cure. Il l'eut bientôt dévêtue. Elle se retrouva presque nue, juste protégée par son slip et la masse de ses cheveux répandus sur ses épaules. D'un geste instinctif, elle ramena un bras contre ses seins et, d'une main, masqua le creux de ses cuisses.

Il laissa échapper un rire grave :

— Inutile de jouer les saintes-nitouches…

— Mais je ne…

— Assez parlé, coupa-t-il, s'emparant de nouveau de sa bouche.

Son corps viril se plaqua contre elle, et elle sentit vaciller sa raison et ses sens. Pourtant, malgré l'excitation aiguë qui enflammait son corps, elle n'était pas prête. Et ne le serait jamais. Elle avait escompté, sans doute, que sa virginité passerait inaperçue. Elle comprenait maintenant que c'était un espoir chimérique et ridicule.

Leo la repoussa vers le lit et l'y renversa avec fougue. Tout allait trop vite, de plus en plus vite. Elle devait tout arrêter, même si elle était follement troublée par le contact de sa chair brune, ferme et lisse.

Elle ne supportait pas l'idée qu'il pouvait réagir comme Achille — dont l'expression horrifiée à la découverte de sa virginité demeurait lancinante dans sa mémoire. Elle se remémorait sa douleur et son humiliation lorsqu'il n'était pas parvenu à la pénétrer. Il avait clamé qu'elle était frigide, que personne ne voudrait d'elle parce qu'elle n'avait pas d'expérience.

Même si elle sentait confusément qu'avec Leo ce pouvait être différent, que les choses ne se passeraient pas fatalement de la même manière, une part d'elle-même la mettait en garde contre une possible mortification. Si la situation se renouvelait, elle en souffrirait mille fois plus ! Parce qu'il s'agissait cette fois de *Leo*...

A cette seule idée, elle tenta de le repousser. Il promena sa main virile le long de sa cuisse, et elle se sentit capituler. Son corps ne lui appartenait déjà plus. Alors, elle se rebella violemment, repoussant sa main avec vigueur et criant :

— Non !

Il se figea. Elle leva les yeux et vit qu'il respirait de façon aussi saccadée qu'elle.

— Je... je dois te dire quelque chose, déclara-t-elle.

Après un moment, il s'écarta, allongea le bras pour allumer la lampe de chevet qui dessina un halo de lumière tamisée. D'un geste brusque, il pêcha son jean à terre et l'enfila.

Se sentant à nu dans tous les sens du terme, elle ramena le drap sur elle.

Leo se tenait debout, mains sur les hanches, le jean encore entrouvert. Il exsudait tant de virilité qu'elle ne regretta pas d'avoir mis un terme à leur échange. Il lui fallait une femme d'expérience qui était son égale, pensa-t-elle, se sentant presque défaillir.

— Eh bien ? J'espère que ça en vaut la peine, Angel.

Elle hésita, cherchant à rassembler son courage, puis lança tout à trac :

— Je suis vierge.

Leo la regarda, étrangement immobile.

— Impossible, fit-il en secouant la tête.

Les choses étaient encore plus difficiles qu'elle ne l'avait envisagé ! Dans une impulsion, elle se leva, saisit sa robe et l'enfila par le bas, la remontant fébrilement à hauteur de ses seins. Levant les yeux sur Leo, elle se força à affronter son incrédulité.

— Si, c'est possible. Je ne suis pas ce que tu…

Elle marqua un arrêt, se mordant la lèvre, puis acheva :

— Je n'ai jamais été la maîtresse de personne.

Il eut un geste comme pour fouetter l'air de sa main.

— Tu mens ! assena-t-il d'une voix vibrante de colère. C'est une manœuvre de ta part ! Je te l'ai déjà dit et je te le répète, Angel : je ne joue pas.

— Moi non plus, avoua-t-elle d'un ton misérable. Crois ce que bon te semble, mais tu ne tarderais pas à avoir la preuve de ton erreur.

Leo la dévisagea, poings crispés. On eût dit qu'il cherchait à lire dans son âme. Supportant à peine l'intensité de son regard, elle baissa les paupières. Stupidement, elle crut nécessaire de s'excuser :

— Nous n'avons… L'occasion de nous expliquer ne s'est pas…

Elle se tut, mortifiée. C'était inouï qu'elle doive subir de nouveau une pareille humiliation !

— Tu aurais pu m'informer lorsque je t'ai dit que tu deviendrais ma maîtresse.

— Ah, parce que j'étais censée dire ça, comme ça, *ex nihilo* ?

Il se contenta de la fustiger d'un regard noir.

— Bon sang ! fit-il. Tu aurais dû m'en parler.

Il se figea soudain, laissant tomber d'une voix doucereuse :

— Serais-tu venue coucher avec moi après avoir envisagé les diverses options avec ton père ? T'offrir en sacrifice, en quelque sorte ?

— Mais non ! Non ! lâcha-t-elle, horrifiée. Comment peux-tu penser ça ? Mon père n'est même pas ici, il est à Londres !

Il passa une main dans ses cheveux, se décoiffant à demi. Il était tellement sexy ! Une déception immense la terrassa. Il n'avait pas envie de coucher avec elle, de la déflorer, évidemment…

— Je retourne dans ma chambre.

Au bout d'un long moment, il hocha la tête, déclarant d'un air sombre :

— Bonne idée.

Leo la regarda quitter la pièce — la robe noire défaite révélant son dos mince d'une façon qui la faisait paraître étrangement vulnérable. Il était foudroyé. Angel était vierge. Fallait-il la croire ?

Comme elle l'avait fait observer, il n'aurait aucune peine à être fixé. Et si elle était vierge et qu'il la prenait, comme il en brûlait d'envie, il pourrait lui faire du mal…

Si elle disait vrai et n'avait appartenu à personne, il lui fallait donc admettre qu'il l'avait méjugée sur ce point précis… Une fois encore, il soupçonna un complot avec Tito Kassianides : « Excite-le et puis lâche-lui ta petite bombe. » Mais il se remémora l'horreur et le dégoût d'Angel lorsqu'il avait émis cette hypothèse. Sa révulsion n'avait pas été feinte ! Elle avait affirmé que son père n'était pas à Londres. Là aussi, aurait-elle eu la stupidité de mentir sur un point si facile à vérifier ?

Mal à l'aise, il s'assit au bord du lit et baissa la tête. Comment une telle femme pouvait-elle être encore vierge à vingt-quatre ans ?

Brusquement, il se remémora leur étreinte dans le cabinet de travail. Il l'avait conduite au bord de l'orgasme, il en avait eu conscience. Sur le moment, son propre manque de contrôle l'avait écœuré : exciter une femme juste surprise en flagrant délit de vol ! Il n'avait pas été convaincu par la réaction d'Angel, jugeant qu'elle jouait la comédie. Mais si son trouble avait été authentique, cela n'aurait-il pas expliqué sa gêne et son état de choc ? D'ailleurs, instinctivement, il lui avait servi un cordial ! Et, dans son agitation, elle avait fait tomber le verre...

Il eut soudain la certitude qu'elle était sincère. On ne pouvait pas simuler ces choses-là !

Cela le mit en colère contre lui-même. Comment n'avait-il pas interprété ces signes ? Lui qui connaissait les femmes... Il avait tenu dans ses bras une ingénue sans même y prendre garde. Parce qu'il était trop excité, voilà pourquoi. En présence d'Angel, il était régi par sa libido !

Quand elle l'avait repoussé, il avait eu toutes les peines du monde à se séparer d'elle. La vue de son corps mince, de ses seins ronds aux pointes raidies tentant ses lèvres, avait failli le faire basculer prématurément dans la jouissance. De nouveau, d'ailleurs, son corps s'enflammait...

Un autre élément s'imposait à lui : nul n'avait découvert les secrets du corps d'Angel. Tous les hommes pouvaient la désirer, mais il savait qu'elle ne leur avait jamais appartenu... Elle était vierge et sienne. Il détenait le pouvoir de la posséder, seul entre tous. Une exaltation primitive s'empara de lui à cette perspective.

*
* *

Sous la douche, Angel sanglotait à fendre l'âme. Elle avait peine à croire qu'elle pouvait se mettre dans des états pareils, qu'elle pouvait souffrir autant à cause d'un homme qu'elle ne connaissait pas et qu'elle avait toutes les raisons de haïr. Comment pouvait-elle avoir envie que Leo la désire ? Pourquoi ne se réjouissait-elle pas d'avoir remporté sur lui une sorte de victoire ? Car elle l'avait ébahi, elle avait entamé son intolérable morgue…

Elle finit par sortir de la douche et s'essuyer à la va-vite avant d'enfiler un peignoir suspendu à la porte.

Elle se sentait vide, abattue. Achille l'avait repoussée en découvrant qu'elle était vierge et ne pouvait lui procurer du plaisir. Cependant, ce n'était qu'un jeune homme. Leo Parnassus, lui, était un homme, un vrai. Et il était évident qu'il ne voulait pas avoir affaire à une novice.

Sa répulsion était-elle aussi vive qu'il l'avait semblé ? se demanda-t-elle, mortifiée. Mais elle ne voyait pas quelle autre raison avait pu le pousser à interrompre les prémices… Pour qu'un « mâle » aussi viril renonce à faire l'amour, c'était forcément qu'il n'avait aucune envie de devenir son premier amant. Il lui semblait inconcevable qu'il eût réagi ainsi parce qu'il avait été pris au dépourvu, parce qu'il avait obéi à une impulsion honorable. Si elle envisageait les choses sous ce jour, elle était perturbée. Elle préférait supposer qu'il avait agi par cruauté.

Qu'allait-il se passer à présent ? Elle n'en avait pas la moindre idée. Leo allait peut-être coucher avec d'autres femmes tout en l'exhibant en public comme sa maîtresse ? Son cœur se serra. C'était une humiliation qu'il aurait sûrement plaisir à lui infliger.

Le fait que lui, précisément, ne veuille pas coucher avec elle sapait entièrement sa confiance. Elle avait beau vouloir se convaincre du contraire, c'était *cela* qui la détruisait. La vengeance qu'il exerçait était secondaire à ses yeux.

Elle sortit de la salle de bains en éteignant la lumière.

D'abord, elle ne distingua presque rien dans la pénombre de la chambre. Puis elle perçut un bruit et se raidit.

Leo était toujours là, dans son jean défait qui laissait supposer... Elle tenta de se ressaisir, honteuse d'elle-même. En était-elle réduite à des fantasmes torrides ? Etait-elle donc si pathétique ?

— Viens, Angel, dit Leo, lui tendant une main.

Dans un état second, elle avança en s'efforçant d'ignorer l'élan d'énergie qui la ranimait. Puis elle s'arrêta à quelques pas. Ce fut lui qui franchit la distance qui les séparait. Saisissant son visage entre ses mains, il l'embrassa avec fougue. Elle laissa échapper un cri, et il en profita pour glisser sa langue entre ses lèvres, profondément, sensuellement. Tout venait de changer sans qu'elle puisse expliquer en quoi. Elle n'était que sensations. Et elle refusait d'écouter le tumulte de ses idées chaotiques.

Finalement, Leo s'écarta légèrement et effleura sa joue d'un geste presque tendre.

— Tu es à moi, maintenant, et à personne d'autre.

Incapable de parler, elle se contenta de le regarder. L'instant était inouï. Leo dénoua le peignoir et en écarta les pans tandis qu'elle le fixait, un peu rassurée par le flamboiement de son regard face à sa nudité. Vaguement penaude, elle sentit une moiteur sourdre entre ses jambes.

Fascinée, elle le vit enlever de nouveau son jean. Il était toujours aussi magnifique. Elle avait envie de le toucher... Comme s'il lisait en elle, il souffla d'une voix rauque :

— Caresse-moi...

Hésitante, elle posa une main sur son sexe érigé, replia ses doigts. Elle enregistra son léger soupir étranglé, et se hasarda à masser sa chair brûlante, soyeuse et ferme.

Avec douceur, il saisit sa main et l'écarta de lui. Puis il la mena vers le lit, la renversant sur les draps. Elle regarda sa haute silhouette se pencher sur elle et s'abandonna.

Une délicieuse tension montait en elle sous ses caresses, auxquelles elle ne songeait certes plus à mettre un frein.

Elle eut comme lui recours au langage des yeux, de la langue, des doigts, avec une fièvre croissante, comme si elle répondait à un appel primitif. Quand il la pénétra, elle ressentit à peine un léger inconfort, vite oublié dans l'émerveillement de cette incroyable intimité. Elle lui enjoignit de continuer sans très bien savoir ce qu'elle quêtait. Elle le voulait, plus profondément, plus rapidement…

— Leo, je t'en prie…

— Oui, Angel… je suis avec toi…

Il répondit à ses suppliques incohérentes en s'enfonçant profondément en elle, accélérant le rythme tandis qu'elle se cambrait, comme si elle voulait l'absorber à chaque poussée et se fondre dans son être.

Quand elle atteignit avec lui les cimes du plaisir, elle se demanda s'il savait ce qui lui arrivait. Sur un ultime coup de reins, elle bascula dans un déferlement de sensations inouïes, dans un autre univers, garant de satiété et de délicieux oubli.

Leo reposait sur le dos, Angel blottie contre lui. Leurs jambes étaient mêlées. Il l'enlaçait d'un bras et sentait contre lui ses seins doux aux pointes raidies, dont il gardait encore le goût à la bouche. Même s'il venait de la prendre, il était prêt à récidiver. C'était en fait la première fois qu'il restait excité après l'amour. Il sentait le battement erratique du cœur de sa compagne revenant peu à peu à la normale, et la devinait pâmée.

Il était troublé. Il avait eu d'innombrables expériences sexuelles, mais aucune n'était comparable à celle qu'il venait de vivre. Désespérément, il s'efforça de la rationaliser. C'était forcément dû à la virginité d'Angel. Car sinon…

Angel remua, et il eut l'impression que son cœur s'arrêtait de battre dans l'anticipation des plaisirs à venir.

Angel revenait à la conscience, blottie contre Leo ; ses souvenirs se précisaient avec la beauté flamboyante d'un film en Technicolor. Elle était *femme*, à présent. Enfin ! Leo ne l'avait pas rejetée et, déjà, elle était prête à renouveler leur duo sensuel. Sa main s'aventura sur son torse lisse, couleur de bronze doré, et elle sourit en sentant la tension monter en lui. Relevant la tête, elle vit qu'il avait un air grave. Un étrange frisson la parcourut, qu'elle réprima aussitôt. Ses doigts descendirent plus bas encore, rencontrèrent son sexe tumescent et l'enserrèrent. Elle exulta de le trouver prêt, tandis qu'il laissait échapper un gémissement guttural avant de basculer sur elle…

Quand Angel se réveilla de nouveau, les rideaux étaient tirés et le soleil inondait la chambre. Des souvenirs délicieux l'envahirent, accélérant les battements de son cœur. Elle savait que Leo n'était pas près d'elle. Elle l'avait senti dès son retour à la conscience.

Elle était secouée par la révolution qui venait d'avoir lieu dans sa vie. Cette nuit, Leo avait fait d'elle une femme. Il l'avait introduite dans un paradis dont elle n'avait jamais soupçonné l'existence et, malgré elle, un sourire éclaira son visage. Elle avait l'impression que son corps et ses sens venaient d'être éveillés d'un long sommeil.

Mais son sourire s'effaça aussi vite qu'il était né. Comment pouvait-elle éprouver ces sentiments pour un homme qui avait froidement entrepris de la posséder parce qu'il la désirait et voulait la punir ? Elle se rembrunit, l'esprit confus. Leo avait fait preuve d'une générosité bouleversante dans leurs échanges. Elle avait constaté plusieurs fois qu'il réprimait sa fougue de crainte de lui faire mal.

Elle sentait comme une meurtrissure au repli le plus intime de son être qui disait assez l'impétuosité de leurs duos. Et pourtant, Leo s'était montré doux. Elle se rappelait la frénésie de ses propres suppliques, l'incitant à donner libre cours à son désir viril.

Comme portée par un nuage, elle sortit du lit et enfila le peignoir qui gisait à terre, non sans rougir aux souvenirs de la manière dont il le lui avait enlevé. D'un geste irréfléchi, elle alla pousser la porte communicante de leurs chambres.

Elle s'immobilisa en voyant Leo devant la glace de son dressing, occupé à nouer sa cravate. Il lui décocha un coup d'œil sans s'interrompre. Aussitôt, les mots qu'elle aurait voulu prononcer se bloquèrent dans sa gorge. Il était si distant, si intimidant dans son costume sombre ! Il avait l'air de ce qu'il était : un businessman milliardaire. Il n'avait plus rien du tendre amant de la nuit. Et elle comprit aussitôt qu'elle avait nourri des illusions stupides…

De nouveau, il lui lança un regard, et elle pâlit à la froideur de son expression.

— Oui, tu veux quelque chose ? s'enquit-il en haussant un sourcil.

Etait-ce bien le même homme ? se demanda-t-elle avec un coup au cœur. Il agissait comme s'il ne s'était rien produit d'extraordinaire, de miraculeux. Tout à coup, la réalité la terrassa : pour lui, la nuit écoulée avait été banale. Et comment aurait-il pu en être autrement avec une débutante maladroite ?

Elle secoua vaguement la tête, murmurant :

— Je…

*Je quoi ?* se railla-t-elle, maudissant l'impulsivité qui lui avait fait pousser la porte. Comment avait-elle pu négliger tout ce qui les séparait, et la raison de sa propre présence ici ?

Leo se tourna vers elle, impeccable et distant.

Ayant resserré les pans de son peignoir, elle redressa le menton et dit avec une décontraction qu'elle n'éprouvait pas :

— Je me demandais à quelle heure viendrait la styliste. Tu as dit que tu ferais venir quelqu'un aujourd'hui, n'est-ce pas ?

Mâchoires serrées, il s'approcha d'elle, exsudant une virilité animale à peine contenue. Un souvenir sensuel traversa la mémoire d'Angel, tel un flash. Elle lutta pour ne pas reculer, pour ne pas montrer qu'elle était au bord de l'effondrement en le voyant si inaccessible.

— Tu as été une élève passionnée, Angel. Notre relation promet d'être très… délectable.

Elle éprouva une humiliation cuisante et se sentit blessée par son attitude, par le qualificatif « d'élève passionnée ». Certes, elle l'avait été. Follement. Elle était tombée dans son lit telle une alouette rôtie ! Poussée à répliquer, elle lança :

— Je ne saurais le dire, je manque d'éléments de comparaison. Mais je suppose que la nuit dernière était… agréable.

Leo éclata d'un rire sonore qui la fit ciller. Quand il posa les yeux sur elle, elle y lut une mise en garde tandis qu'un sourire railleur jouait sur sa bouche sensuelle. Se rapprochant, il leva une main et la posa sur sa joue. Elle se raidit.

— Je sais très bien ce que tu as éprouvé, ma douce. J'ai senti la moindre de tes réactions, alors ne prétends pas avoir trouvé ça juste agréable.

Atteinte en plein cœur, elle repoussa sa main d'un geste vif.

— Comme je le disais, tu sais beaucoup plus de choses que moi. Mais l'attrait de la nouveauté ne durera pas.

Très calme, il lui enserra la mâchoire d'un geste ferme.

— Je crois, au contraire, lâcha-t-il d'une voix traînante, qu'il résistera un temps. Tu es tout feu tout flamme sous tes dehors séraphiques, et je suis impatient de renouveler l'expérience…

Sur ces mots, il retira sa main et recula. Elle crut entrevoir une faille dans son apparent sang-froid, et son cœur s'accéléra. Mais il regarda alors sa montre en disant avec brusquerie :

— La styliste sera ici à midi, suivie d'une esthéticienne. Notre première sortie publique a lieu ce soir, Angel. Un bal pour fêter mon intronisation comme P.-D.G. de Parnassus Shipping. Cela devrait te distraire. Choisis la toilette qui convient à ta première apparition publique en tant que maîtresse officielle.

Effleurant d'un doigt sa joue brûlante, il conclut :

— J'ai hâte de m'afficher avec toi et d'asticoter un peu le Tout-Athènes.

# 6.

Ce jour-là, pendant la réunion de sa nouvelle équipe managériale, Leo constata avec une vive contrariété qu'il ne se concentrait pas. Peu importait : il avait plusieurs longueurs d'avance sur les participants. Mais il ne pensait qu'à Angel et à la nuit écoulée. A l'air qu'elle avait eu ce matin-là dans sa chambre. Il avait ressenti un coup au cœur en la voyant intimidée, et c'était à grand-peine qu'il était resté de marbre devant son visage joliment empourpré, ses immenses yeux bleus…

En ce moment, il avait une érection rien que d'y songer — réaction très inopportune parmi ses collègues, sous le regard d'Ari Levakis qui l'observait d'un air un peu rembruni. Leo lui sourit tout en s'abandonnant à ses visions éclair : l'instant où il l'avait pénétrée pour la première fois et avait entendu son petit soupir étranglé si révélateur ; la force de son étreinte intime ; la douceur de son abandon alors qu'elle l'accueillait en elle de plus en plus profondément ; le goût de sa peau — musc odorant et pétales de roses froissés.

*Musc odorant et pétales de roses froissés ?* Il fallait qu'il se calme et qu'il se ressaisisse, pauvre idiot qu'il était ! s'intima-t-il. Angel était vraiment spéciale…

Ce matin-là, il avait cru lire de la vulnérabilité sur son visage et, aussitôt, il s'était fermé. Les femmes voulaient toujours changer l'intimité sexuelle en relation sentimentale. Cependant, lorsqu'il s'était approché, il l'avait vue maîtresse d'elle-même, détachée. Il avait su alors qu'il aurait été fou de croire en ses réactions, quelles qu'elles fussent.

Elle était sa maîtresse voilà tout. Elle lui appartenait. Il pensa à la soirée à venir, où il s'exhiberait avec elle en caressant la certitude d'être son premier et unique amant, et s'en gargarisa par anticipation.

A l'arrière de la voiture, assise à côté de Leo, Angel avait la gorge nouée. Cela lui faisait horreur d'être à cran à cause de ce qui s'était produit. Pendant toute la journée, elle avait été hantée par la froideur qu'il avait manifestée ce matin-là. Il lui semblait qu'elle ne supporterait plus jamais qu'il la touche.

Comme pour infirmer sa conviction, une grande main ferme vint se refermer sur la sienne, qu'elle tenait posée sur sa cuisse, et les battements de son cœur s'accélérèrent aussitôt.

— Tu es très belle, ce soir.

Domptant ses émotions, elle se tourna lentement vers Leo en ayant soin de ne pas laisser transparaître son tourment.

— Tu y as mis le prix, fit-elle avec un sourire sans doute un peu trop acide.

Les yeux sombres de Leo, animés par les lueurs dorées qui dansaient dans leurs profondeurs, menaçaient déjà son indifférence factice. Sa main s'abandonna malgré elle entre ses doigts. Il était plus séduisant que jamais, en smoking.

— L'argent, dit-il avec douceur, n'entre pour rien dans la beauté authentique. Et tu es réellement belle, Angel.

Il prit conscience qu'il avait prononcé ces mots avec une sincérité mêlée de révérence. C'était plus fort que lui. En entrant dans la chambre d'Angel, un moment plus tôt, il n'avait su à quoi s'attendre. Son cœur s'était mis à battre à un rythme précipité, anticipant la rencontre à venir.

Elle était debout près de la fenêtre, dos tourné. Il avait vu bien des femmes parées pour lui plaire. Mais aucune ne lui avait coupé le souffle ainsi. Elle portait une robe longue, d'un turquoise profond, drapée sur son corps de déesse. Ses cheveux torsadés étaient retenus par une fleur de même couleur. Il n'avait enregistré tout cela que confusément, perturbé par l'intensité de son désir immédiat.

Ecœuré par sa propre réaction, il l'avait appelée. Elle s'était retournée avec lenteur et il avait eu l'impression d'assister à un strip-tease torride alors qu'elle était vêtue de pied en cap !

La soie de sa robe caressait les globes de ses seins, révélés à demi par la profonde encolure en V. Elle avait un port altier, le menton levé en une attitude frisant le défi. Il n'avait pu retenir un geste autocratique : il avait tendu la main. Et quand elle était venue à lui, la soie bruissante avait virevolté autour de son joli corps.

Basculant de nouveau dans le présent, il remua sur le siège arrière, cherchant à soulager sa tension virile.

Pendant une fraction de seconde, l'assurance d'Angel parut vaciller. Il se reprit. Bon sang, pourquoi en était-il à baver comme un adolescent en présence de cette femme ? Il pressa sa main, sentit son ossature délicate, sa peau rendue légèrement rugueuse par ses rudes travaux de femme de chambre et de serveuse, et son cœur se serra.

Il repoussa ce sentiment obscur qu'il ne comprenait pas et demanda :

— Comment réagira ton père, quand il apprendra demain par les médias que nous sommes amants ?

Angel frissonna et tenta sans succès de retirer sa main. En cet instant, Leo lui faisait horreur. Elle le détestait. Une seule chose la retint de tenter d'ouvrir la portière pour sauter : le souvenir de la conversation qu'elle avait eue avec Delphi. Sa sœur, aux anges, lui avait annoncé au téléphone qu'elle épousait Stavros dans un mois. Angel n'avait pas manqué d'être surprise que Leo ait si vite tenu parole.

D'une voix inhabituellement rauque à cause des émotions perturbantes qui la secouaient, elle déclara :

— Tu sais très bien comment il réagira. Il sera fou de rage. Il se sentira humilié comme il ne l'a jamais été.

Il haussa les sourcils, la jaugeant du regard.

— Vraiment ? N'auriez-vous pas soigneusement projeté tout ça ensemble ?

— Quand bien même ? riposta-t-elle, furieuse d'être méjugée et poussée dans ses retranchements. Tu ne le sauras jamais, de toute façon.

Il se pressa contre elle et elle tenta de l'éviter en se renversant en arrière. Mauvaise manœuvre. Il glissa une main derrière ses cheveux, caressant sa nuque ; son autre main vint se refermer sur son sein. La coupe de sa robe ne lui avait pas permis de mettre un soutien-gorge, et elle fut atterrée de sentir son mamelon se dresser sous le tissu.

— Si, je le saurai, affirma-t-il. A dater de maintenant, je connaîtrai le moindre de tes mouvements. Quoi que vous ayez pu comploter, cela ne vous servira à rien.

— Mais nous ne…, commença-t-elle.

Sa protestation mourut sous ses lèvres, et elle oublia tout dans une flambée de désir. Depuis qu'il était venu la voir dans sa chambre, elle n'avait cessé d'espérer cet instant, malgré elle.

Et elle était emportée, impuissante à lutter. Elle ne s'aperçut ni que la voiture s'arrêtait ni que le chauffeur toussotait. Elle se rendit seulement compte que Leo s'écartait et qu'elle se retrouvait le souffle court, le regard noyé, le corps en feu. Il se contenta de sourire avec un air de triomphe tandis qu'il promenait son regard sur son corps excité, s'attardant sur les pointes raidies de ses seins visibles à travers la soie.

— Parfait, lâcha-t-il.

Sur ce, il descendit de voiture, vint lui ouvrir la portière et l'aida à descendre. Elle chancela, un peu étourdie. Déjà, le réel se réduisait au contact de sa main refermée sur la sienne et à un feu roulant de questions. Elle venait de devenir, au vu et au su de tous, la maîtresse de Leo Parnassus.

Plus tard, à leur table, elle n'eut guère l'impression d'élargir son pré carré ! Longtemps enfermée en pension, elle ne s'était jamais vraiment intégrée à la haute société athénienne. Pas comme Leo le supposait, en tout cas. Cependant, elle connaissait des gens dans cette salle. Elle percevait leurs regards, leurs murmures, et se reprochait d'en être affectée. Tout à l'heure, aux toilettes, elle avait surpris la conversation de deux femmes.

« C'est *inouï* qu'il soit venu avec elle ! s'était exclamée l'une.

— Et comment ! avait enchéri l'autre. Personne n'aurait été surpris qu'il traverse la rue en la croisant sur le trottoir, après ce que cette horrible famille leur a fait… »

La première avait commenté avec un ricanement fielleux :

« Imagine un peu la tête de son clown de père s'il les voyait ensemble ? Je parie que Leo Parnassus sort avec elle uniquement pour se venger. Il ne lui a pas adressé la parole de toute la soirée. »

Sa complice avait soupiré :

« S'il me prenait par vengeance, je ne m'en plaindrais pas… Il est clair qu'il lui trouve quelque chose, avec ses airs de sainte-nitouche. »

Ces mots blessants hantaient encore Angel, seule à sa table, et elle s'efforçait de garder la tête haute. Le plan de revanche de Leo fonctionnait à merveille. Il avait anticipé ce genre d'humiliation !

Elle aperçut Lucy Levakis qui revenait à leur table. Epouse anglaise d'Aristote Levakis, l'associé de Leo, elle était la seule à s'être montrée gentille avec Angel — sans doute parce qu'elle n'était pas au courant du passé. Ari Levakis, au contraire, n'avait cessé de porter sur elle des regards sombres et songeurs. Il devait être aussi soupçonneux que Leo quant aux motifs qui l'animaient, pensa-t-elle. Etait-il au courant de la vengeance de Leo ?

Lucy s'assit près d'elle, d'humeur bavarde.

— Vous sembliez un peu seule, alors je suis venue vous tenir compagnie. Ah, les hommes ! Franchement, ils sont d'un égoïsme !

Angel lui adressa un sourire crispé. Il lui aurait déplu de compromettre cette femme charmante à cause de la désastreuse réputation qui s'attachait désormais au nom des Kassianides.

— Vous pouvez retourner auprès de vos amis. Je suis très bien ici, je vous assure.

Lucy secoua la tête. A cet instant, Angel remarqua quelque chose qui lui mit du baume au cœur. Tout à ses préoccupations, elle n'avait pas noté cela plus tôt. Timidement, elle s'enquit :

— D'où vient votre collier ?

S'illuminant aussitôt, Lucy lui raconta qu'Ari, qui connaissait son coup de cœur pour ce bijou, le lui avait offert quand il l'avait demandée en mariage.

— Ce collier est ma « bague de fiançailles », dit-elle.

Angel sourit, rosissant de fierté.

— C'est moi qui l'ai dessiné, révéla-t-elle.

— Vous ? s'écria Lucy, surprise.

— J'ai étudié la création en joaillerie aux Arts appliqués, expliqua Angel. C'est la seule pièce que j'aie vendue lors de ma présentation de fin d'études. J'ai fait cadeau des autres à ma sœur et à des amies.

— Mais, s'exclama Lucy, vous auriez pu gagner une fortune !

L'ironie de la situation n'échappait pas à Angel. C'était juste après l'obtention de son diplôme que sa situation avait radicalement changé. Elle ne s'était pas doutée, alors, qu'elle serait contrainte de renoncer à sa carrière. Sinon, elle aurait peut-être conservé sa collection.

— J'ai préféré tout donner, soupira-t-elle avec un sourire triste.

En moins de temps qu'il n'en faut pour le dire, Lucy l'entraîna, en dépit de ses protestations, jusqu'au groupe qu'elle venait de quitter. Lucy interrompit la conversation, révélant d'une voix excitée ce qu'elle venait d'apprendre.

Angel surprit le regard de défiance qu'Ari portait sur elle. Avec un tressaillement, elle constata que Leo était présent aussi. Il ne trahit aucune émotion. Mais il pensait qu'elle avait menti, bien entendu, songea-t-elle.

Lucy, qui venait de voir l'heure, conclut son récit par une exclamation sourde : elle devait prendre la relève de la nounou qui veillait sur ses deux jeunes enfants.

Ari voulut suivre sa femme. Il avait visiblement hâte de se retrouver en tête à tête avec elle. Leur complicité émut Angel, dont le cœur se serra. Après leur départ, la jeune femme, qui s'attendait à ce que Leo la laisse de nouveau seule, repartit en direction de leur table. A sa grande surprise, il la retint par la main.

— Où vas-tu ?

— Je..., balbutia-t-elle.

Maudissant sa propre faiblesse, elle continua dans un brusque accès de rébellion :

— Je retournais m'asseoir toute seule pour que chacun constate que tu m'ignores. Il est vrai que l'estrade serait plus indiquée, maintenant que les discours sont finis. Si je montais m'y exhiber ? Je pourrais même accrocher une pancarte autour de mon cou, et…

— Arrête, Angel.

— Pourquoi ? N'est-ce pas ce que tu souhaites ? Une série d'apparitions publiques avec ta maîtresse expiatoire, signifiant à tous que ton intérêt pour moi est purement épidermique ? Histoire d'assurer un maximum de spéculations sur mon compte et d'humiliations.

Elle s'arrêta en se mordant la lèvre. Ces mots lui avaient échappé malgré elle. Mais elle ajouta cependant :

— Sois tranquille, les commérages vont bon train, et je n'en sors pas grandie.

Il se rembrunit :

— Comment ça ? Qu'as-tu entendu ?

— Peu importe, biaisa-t-elle.

Car ce qui lui faisait le plus horreur dans sa situation c'était qu'il avait beau l'humilier en public, le soir, dans son lit, l'humiliation était bien le dernier sentiment qu'elle éprouvait !

Leo s'apprêtait à ajouter quelque chose mais quelqu'un l'aborda. Elle vit avec surprise que, loin de lui rendre sa liberté, il la retenait près de lui, la présentant à son interlocuteur. S'il n'alla pas jusqu'à l'inclure dans la conversation, il ne la perdit plus un instant de vue jusqu'à la fin de la soirée.

Dans la voiture, alors qu'elle cherchait à se détendre après ces longues heures de hauts et bas émotionnels, il demanda :

— Est-ce vraiment toi qui as créé le collier de Lucy ?

— Evidemment. Je ne mentirais pas sur un sujet pareil. A quoi cela rimerait-il ?

Sa déclaration logique et simple l'atteignit plus qu'il ne l'aurait voulu. Il la dévisagea, puis finit par admettre :

— C'est un beau bijou.

Il semblait surpris, comme s'il ne s'était pas attendu à lui faire un compliment. Timidement, elle haussa les épaules.

— Merci.

— Pourquoi as-tu cessé de produire des bijoux après ton diplôme ?

Il avait abordé un sujet particulièrement sensible et elle réprima un tressaillement.

— Parce que je n'avais pas les moyens techniques d'en créer, répondit-elle.

— Mais tu travaillais. Il t'était sûrement possible de louer un atelier ?

— L'équipement et les fournitures dont j'ai besoin sont beaucoup trop chers.

— Tu as dû très mal supporter d'avoir à accepter un emploi.

Angel prit conscience qu'elle n'avait jamais rechigné au travail et n'éprouvait pas de rancune. Il lui avait été difficile, en revanche, de renoncer à son rêve. Mais elle avait tenu à soutenir Delphi et à lui permettre d'achever ses études.

— Je n'avais pas le choix, soupira-t-elle, secouant la tête.

Soudain gêné, Leo se demanda pourquoi elle n'avait pas choisi de hanter les hauts lieux de la vie athénienne afin de mettre le grappin sur un riche mari. De toute évidence, c'était ce que sa sœur avait fait… Il refoula sa curiosité : cela l'amenait à se demander pourquoi elle était restée vierge. Une vierge ne se lançait pas à l'assaut d'un beau parti…

Mais Angel n'était plus novice. Elle était sienne, pensa-t-il dans un élan. Audacieux, il l'attira jusqu'à la faire glisser sur ses genoux en dépit de sa résistance, et lui caressa le dos. Il l'avait vue seule à leur table, tout à l'heure. C'était avec peine qu'il avait résisté au désir de la rejoindre. Mais il aurait livré ainsi un signe de faiblesse. Cependant, sa propre excitation ne lui avait pas laissé de répit. Et il n'avait cessé d'avoir conscience de l'attitude d'Angel — qui semblait lancer un défi à la ronde, avec son port de tête altier.

Cela ne l'avait pas mis très à l'aise. Quand elle l'avait fustigé, il avait eu honte. Un sentiment qui ne lui était guère habituel, surtout en ce qui concernait les femmes !

Quelle que fût la cause de leur liaison, il n'avait pas

prémédité de la dédaigner en public. Il avait envisagé une humiliation, certes. Mais lorsqu'il la rejetterait de sa vie, signifiant à tous qu'elle n'était qu'un jouet éphémère. Ce désir d'humiliation se satisferait sans vergogne, demain, quand Tito Kassianides verrait dans la presse des photos de sa fille en intime proximité avec son pire ennemi.

En fait, il était choqué qu'elle soit déjà en butte aux commérages. De toute évidence, sur ce terrain, Athènes ne valait pas mieux que New York !

Sur ses genoux, Angel, réticente, regardait à travers la vitre. Il recommença à la caresser et imprima un baiser sur son bras, lèvres ouvertes en une succion légère. Il la sentit se relâcher un peu et sourit, l'attirant plus près.

Il posa une main sur ses jambes obstinément serrées, remontant le long de sa cuisse, s'arrêtant pour plaquer ses doigts contre le cœur de sa féminité. Il perçut sa chaleur moite, le crescendo de sa propre turgescence. Il se déplaça subtilement, et elle laissa échapper un léger soupir.

Lui saisissant le visage, il la força à se tourner vers lui. Elle avait un regard trop nu, trop démuni, dans lequel on lisait trop de choses qu'il refusait de savoir. Alors, il l'embrassa passionnément et, avec un murmure guttural de triomphe, il sentit qu'elle se laissait aller, pesant sur lui, l'excitant au point qu'il brûlait de s'enfoncer en elle au moment où ils atteignirent la villa.

A la fin de la semaine, nul n'ignorait qu'Angel Kassianides était la maîtresse de Leo Parnassus. Ils étaient sortis chaque soir, pour un dîner ou une soirée, et l'hystérie autour de leur couple n'avait cessé de croître. Des paparazzis campaient devant les grilles de la villa.

Les manchettes des journaux proclamaient : « *Parnassus et Kassianides enterrent au creux des draps soixante-dix ans d'inimitié.* » Ou bien, de façon plus insidieuse, laissaient entendre que Leo Parnassus était payé en nature. C'était affreux pour Angel.

Un matin en descendant, surprise de trouver Leo dans le salon du petit déjeuner, elle avait demandé avec nervosité :

— Et ton père ? Tout ça va lui faire du mal, non ?

Il avait répondu d'un ton dur :

— Il est averti, mais il n'a pas son mot à dire en ce qui concerne le choix de ma maîtresse.

Angel avait repensé au vieil homme si frêle qu'elle avait vu le soir de la fatale réception.

— Cela ne peut pas être facile pour lui, avait-elle observé. Il a voué sa vie à rétablir l'honneur de votre nom.

— J'y contribue aussi, avait rétorqué Leo. Mon père est un fin stratège. S'il savait de quoi tu es coupable, et la menace que tu représentes, il m'approuverait de tout cœur.

Elle avait pourtant continué à se tracasser au sujet du vieil homme, et l'attitude de Leo lui avait rappelé, une fois de plus, que l'affection ne jouait pas un grand-rôle entre le père et le fils.

Perfide, Leo s'était enquis :

— Et toi, as-tu parlé au tien ?

Elle avait pâli. Elle savait par Delphi que le voyage à Londres de son père s'était soldé par un échec fracassant. Il était ivre du matin au soir et maudissait sa liaison en termes violents. Comme il était matamore, et que ses déchaînements n'étaient pas à prendre pour argent comptant, Angel n'était pas inquiète pour Delphi. C'était toujours elle-même que Tito avait agressée à coups de poing, dans les moments où elle lui rappelait trop sa mère.

— Non, nous n'avons pas parlé, avait-elle répondu à Leo avec un signe de dénégation, en ignorant de son mieux son air soupçonneux.

Heureusement, une fois mariée, Delphi emménagerait avec Stavros. Et pour sa part, Angel serait alors libre d'habiter où bon lui semblait. De panser les blessures que lui aurait values sa liaison avec Leo.

A présent, elle ne put réprimer un soupir tout en s'examinant dans la psyché de sa chambre. Elle n'avait pour ainsi dire pas eu le temps de souffler depuis qu'elle s'était retrouvée confrontée à Leo dans le cabinet de travail.

Il usait son énergie. La nuit, il lui apprenait le dialogue des corps ; mais elle demeurait humiliée par sa réaction sensuelle à son égard. Le jour, elle était hantée par des souvenirs torrides. Elle ne se rappelait plus du tout à quoi avait ressemblé sa vie quand elle ne connaissait pas cet homme.

S'efforçant de libérer son esprit, elle s'examina dans le miroir. Sa robe sans bretelles était la plus osée et la plus provocante qu'elle eût portée jusque-là. Mordorée, elle virait à la couleur argent au niveau de l'ourlet, qui s'arrêtait très au-dessus du genou. Elle l'avait ceinturée d'or et avait chaussé des sandales assorties. Des créoles en or complétaient l'ensemble.

Alertée par un bruit, elle se retourna et aperçut Leo, nonchalamment appuyé au chambranle de sa porte, vêtu de pied en cap. Elle fut perturbée d'avoir été observée. C'était une entorse au rituel quotidien : Leo était au travail quand elle se réveillait, le corps repu par une nuit d'amour. Au retour du bureau, il ne venait la chercher que lorsqu'elle était prête aussi. Leurs conversations étaient réduites au minimum. A l'instar de leur engagement affectif.

La veille, lors d'un vernissage, elle avait remarqué que Leo s'était crispé au moment où un couple avait entamé une dispute enflammée. Levant les yeux vers lui alors qu'il serrait ses doigts entre les siens, elle avait été surprise de le voir le teint presque cireux sous son hâle. Il avait fini par se détourner d'un air écœuré. Elle n'avait pas réussi à s'expliquer cette réaction. Elle lui semblait disproportionnée pour une vulgaire querelle de ménage.

Ce souvenir, l'inquiétude ressentie sur le moment, lui laissèrent un sentiment de faiblesse. Elle se moquait de ce qui motivait ou atteignait Leo ! pensa-t-elle. L'important, c'était qu'il favorise le bonheur de Delphi !

Affichant une assurance qu'elle n'éprouvait pas, elle campa une main sur sa hanche, inclina à demi la tête en lui lançant :

— Alors ? Ça te paraît digne de ta geisha ?

— Ne cherche pas à m'agacer, Angel, fit-il, serrant les mâchoires.

Il la jaugea d'un regard lascif, plutôt insultant, avant de relever les yeux sur son visage et de constater que sa forfanterie l'avait désertée. Il laissa alors tomber d'une voix coupante :

— C'est parfait, oui. Pile ce que les journalistes attendent. Allons-y.

# 7.

Dans la voiture qui roulait vers Athènes, Leo était aux prises avec la colère et l'irritation. Il apercevait du coin de l'œil les cuisses satinées d'Angel, et c'était presque plus qu'il n'en pouvait supporter.

Quand il l'avait vue dans cette robe, il avait failli fondre sur elle et la lui arracher ; lui imposer une tenue qui l'aurait dissimulée de la tête aux pieds. Choqué et honteux, il avait pris conscience, lorsqu'elle s'était montrée provocante, que ce désir procédait d'un sentiment très ambigu.

Il s'était senti mal à l'aise de sortir avec elle en affichant d'une manière aussi tonitruante qu'elle était sa maîtresse. Pourtant, c'était ce qu'il avait cherché, il devait l'admettre… Mais il y avait plus perturbant encore : une semaine d'ébats avec Angel n'avait diminué en rien l'effet qu'elle produisait sur lui. Chaque fois qu'il la pénétrait, qu'il prenait son corps souple et gracieux, son désir se démultipliait. Il avait aussi une conscience croissante de l'attention que les autres hommes lui portaient, et qu'elle semblait ne pas remarquer. Cependant il savait qu'il ne devait pas une seconde se fier à cette indifférence.

Il venait de s'engager dans une nouvelle voie, élisant domicile dans sa patrie ancestrale et acceptant la direction d'une multinationale tout en continuant à s'occuper de ses affaires new-yorkaises. Quantité de tâches et soucis mobilisaient son temps et son énergie. Il lui fallait, en particulier, prendre garde à la vulnérabilité de son entreprise, consécutive à cette période de transition.

Il se montrait donc particulièrement stupide en se laissant obséder par Angel, en mettant de bon gré son ennemie dans son lit — où elle prouvait déjà qu'elle exerçait sur lui plus d'ascendant qu'il n'aurait voulu l'admettre.

Il ne connaissait qu'un moyen de contrer ses propres doutes : exercer lui-même le contrôle. Et ce qu'il voulait contrôler, en ce moment, c'était Angel. Laconique, il grommela au chauffeur de remonter la vitre fumée de séparation, puis happa Angel entre ses bras à l'instant même où elle se tournait vers lui d'un air interrogateur.

Ses jolis yeux se dilatèrent et elle s'empourpra. Sans un mot, il l'attira à califourchon sur ses genoux, et remonta sa jupe pour qu'elle soit libre de ses mouvements. Puis, la saisissant par la taille, il la souleva, la déplaçant pour lui faire sentir la force de son érection. Il fut récompensé par un soupir étranglé. Mais la jeune femme conserva un regard étrangement glacé, comme si elle s'était enfermée dans un monde inaccessible. De quel droit osait-elle chercher à lui échapper ? Elle lui appartenait, bon sang, corps et âme !

Les instants qui suivirent furent un duel de volontés plus qu'un acte d'amour. Intraitable et impétueux, Leo descendit sa fermeture Eclair et se libéra, écarta le tissu arachnéen du slip qui la protégeait encore et pénétra au cœur humide de sa féminité. Il ne lui permit pas de détourner la tête. Comme elle fermait les paupières, il ordonna :

— Ouvre les yeux, Angel, regarde-moi.

Elle obéit, le foudroyant d'un regard de défi qui n'aboutit qu'à rendre leur échange plus intense. Angel savait que Leo voulait obtenir d'elle quelque chose qu'elle était déterminée à ne pas lui accorder. Leo, pour sa part, n'y tenait déjà plus. Les gémissements d'Angel étaient de plus en plus entrecoupés et, lorsqu'il ressentit ses premiers spasmes, il s'abandonna.

Pendant un long moment, ensuite, il garda la tête appuyée contre elle. Leurs corps ne s'étaient pas séparés, et il sentait ses derniers tremblements. Mais ce fut seulement lorsqu'elle leva la main pour lui caresser les cheveux qu'il se rendit compte de sa capitulation. Etrangement, il n'en tira aucun sentiment de victoire.

Ce soir-là — une soirée mondaine de plus ! —, Angel se retenait à grand-peine de tirer sur le bas de sa jupe. Elle se faisait l'effet d'être exhibée. Et elle s'en voulait d'avoir choisi cette toilette par défi et par colère contre la réaction de Leo.

Quant à l'épisode dans la voiture… Elle avait peine à croire qu'elle s'y était prêtée ! Elle avait eu beau s'efforcer de rester distante, lointaine, elle n'y était pas parvenue.

Elle savait pourtant à quoi s'en tenir depuis le lendemain de leur première nuit, quand il s'était montré si glacial. Depuis, il faisait l'amour avec elle chaque soir. Puis, quelques instants après leurs ébats, il se levait, nu encore, et regagnait sa chambre. Il n'avait jamais un mot gentil, jamais un geste tendre, ne recherchait pas les conversations murmurées au creux des draps — tous ces petits riens qui, avait-elle toujours imaginé, composaient la vie des amants…

— Tu sembles à des années-lumière, Angel.

Angel tressaillit, ramenée à la réalité : la salle de bal envahie de monde d'un hôtel ultra-chic d'Athènes. Lucy Levakis, qui venait de l'aborder ainsi, lui adressa un sourire gentiment taquin. Elle eut un regard significatif vers les deux hautes silhouettes masculines qui discutaient non loin de là — sous les regards admiratifs des invitées présentes —, et ajouta :

— Je ne saurais te le reprocher. Je n'ai pas oublié comment c'était au début pour Ari et moi…

Angel lui adressa un sourire crispé. Ari l'avait saluée avec plus de chaleur que d'habitude ce soir, comme si elle avait réussi un test à son insu. Cela l'avait amenée à se demander, de manière fugitive mais dangereusement nostalgique, ce qu'elle ressentirait si elle parvenait à franchir le mur de défiance que Leo lui opposait. Considérant la manière dont il l'avait surprise dans le cabinet de travail, il faudrait qu'il consente à envisager qu'elle pouvait être innocente en dépit des apparences… Autrement dit, elle n'était pas près d'obtenir gain de cause !

— Mais qu'est-ce que je raconte ? reprit Lucy, se raillant elle-même. Aujourd'hui encore, je ne vois que lui !

Se contraignant à adopter une attitude plus décontractée, Angel commenta :

— On vous croirait toujours en pleine lune de miel alors que deux enfants vous attendent à la maison.

A cet instant, une connaissance de Lucy la prit à part. Elle se laissa entraîner avec une mimique d'excuse à l'adresse d'Angel qui, de nouveau, se retrouva livrée à elle-même. Leo tourna alors la tête et tendit la main vers elle. La gorge soudain nouée, elle s'avança pour la saisir. Elle avait l'impression que quelque chose d'inouï venait de se produire. C'était ridicule, bien sûr. Pourtant, elle s'avisa à ce moment-là que Leo ne l'avait jamais délaissée, depuis leur première soirée. Il s'était, malgré tout, montré attentif.

Elle essaya de rester indifférente. Les deux hommes étaient impressionnants à plus d'un titre. Elle s'adressa timidement à Ari, lui demandant des nouvelles de ses enfants.

— Zoé et Cosmo sont intenables. Il est plus facile de diriger une compagnie maritime que de gérer ces petits diables ! répondit-il en levant les yeux au ciel.

Angel sourit, incroyablement soulagée de voir qu'il

ne manifestait plus de froideur à son égard. Etait-ce sous l'influence de Lucy ?

Ari regarda Leo, puis Angel.

— En fait, j'aurais une faveur à vous demander, Angel, dit-il.

— Je suis toute disposée à vous l'accorder. Expliquez-moi de quoi il s'agit.

— J'aimerais vous commander une parure pour Lucy. Notre anniversaire de mariage a lieu dans deux mois, et je sais qu'elle adorerait posséder un ensemble assorti au collier que vous avez réalisé. Un bracelet et des boucles d'oreilles, par exemple.

Angel rosit de plaisir à cette proposition.

— Je suis très honorée. Je serais ravie de vous faire plaisir.

Soudain, son visage s'allongea : elle n'avait pas les moyens techniques d'accéder à cette requête !

— Malheureusement, continua-t-elle, je n'ai pas la possibilité de…

— Je veillerai à ce qu'elle ait tout le nécessaire, coupa Leo.

Angel en resta médusée. Ari, lui, s'exclamait déjà :

— Génial ! Pourriez-vous passer me voir au bureau demain ? Nous discuterons de la conception des bijoux.

— Bien sûr, répondit-elle, dans un état second.

Lucy vint alors rappeler à son époux qu'il était temps de rentrer. Comme ils s'éloignaient, Ari adressa à Angel un clin d'œil discret. Dès qu'ils furent hors de portée d'oreille, elle dit à Leo :

— Tu n'aurais pas dû lui faire cette promesse. Tu ne te rends pas compte, ça pourrait coûter une véritable fortune. D'autant qu'il veut ces bijoux dans un laps de temps très court. En plus, je n'ai pas d'atelier.

Leo l'attira à lui d'un geste presque tendre et elle en fut

troublée. S'il lui arrivait de la tenir par la main, il n'avait jamais d'attitudes intimes avec elle en public.

— Ce n'est pas la place qui manque à la villa. Et je veux que mon ami ait ce qu'il désire.

Sa manifeste générosité à l'égard d'Ari était simple et sincère, constata-t-elle. Alors, pourquoi cela lui serrait-il le cœur ?

Plantée sur le seuil de la pièce, Angel écarquilla les yeux. Décidément, une fortune sans limites permettait toutes les extravagances ! Y compris d'obtenir, en quelques jours, un atelier d'orfèvrerie haut de gamme.

Elle s'approcha de l'établi et toucha le plan de travail de bois avec révérence. Les outils, les coûteux métaux, les pierres de prix… tout ce qu'elle avait couché sur la liste qu'elle avait faite à Leo était là. Elle n'avait jamais disposé d'un équipement aussi pointu ! Un soupir lui échappa à la pensée que tout cela était voué à disparaître. Une fois les joyaux réalisés, Leo reconvertirait les lieux en une simple chambre…

— Tu n'es pas contente ?

Elle fit volte-face en tressaillant, portant une main à son cœur. Leo était nonchalamment adossé au chambranle, mains dans les poches, chemise entrouverte.

— Leo ! Tu m'as fait une peur bleue ! s'exclama-t-elle. Arriver comme ça, sans crier gare…

Mais déjà, son corps et ses sens réagissaient à sa présence virile…

— Tu as une mine d'enterrement, reprit-il. J'en déduis que tu détestes cet atelier.

— Pas du tout ! protesta-t-elle, effarée de constater qu'il avait perçu son émoi. Je l'adore, au contraire. Ça a dû te coûter une vraie fortune.

— Je leur ai juste demandé d'installer ce qu'il y a de mieux, dit-il avec un haussement d'épaules.

Blessée par sa désinvolture, elle lança :

— Eh bien, tu l'as. J'espère seulement que ça ne coûtera pas aussi cher de tout désinstaller.

Il resta silencieux un moment. Puis déclara :

— C'est une chose dont tu n'as pas à te soucier.

Il se sentait atteint par les propos détachés d'Angel. Elle était là, en jean et T-shirt, sexy sans même chercher à l'être, et il en était ému. Il lâcha d'un ton rude :

— Ne te monte pas la tête au sujet d'Ari Levakis. C'est un homme marié et heureux en ménage.

Une expression d'incompréhension totale se peignit sur les traits d'Angel. Il eut envie de la secouer parce qu'elle lui jouait cette comédie ; envie de se maudire lui-même pour son manque de finesse. L'attitude plus chaleureuse d'Ari envers Angel, l'autre soir — un revirement patent puisqu'il lui avait passé commande d'une parure de joaillerie ! — l'avait singulièrement perturbé.

Il se remémorait encore son air joyeux lorsqu'elle était revenue de son rendez-vous avec Ari. Sans trop savoir pourquoi, il était resté travailler à la villa et était venu à sa rencontre, dans le hall, quand il l'avait entendue rentrer. Elle chantonnait. Mais, en l'apercevant, elle s'était arrêtée, sur ses gardes.

Il l'avait alors pratiquement traînée dans son bureau, où il l'avait prise à même sa table de travail, avec une passion et une frénésie qu'il n'avait jamais éprouvées.

Maintenant, elle le regardait d'un air… blessé ?

— Je sais qu'Ari est heureux en ménage, affirma-t-elle. Et même si j'avais des visées sur lui — ce qui n'est pas le cas —, j'ai autant de chances de retenir son attention que de te convaincre que je ne suis pas une voleuse.

— Donc aucune, répondit-il, soudain oppressé.

Elle laissa échapper un soupir presque inaudible, mais qu'il perçut pourtant.

— Précisément, dit-elle avec un étrange accent de résignation, presque de défaite.

Plus tard, quand ils rentrèrent après avoir inauguré un restaurant récemment ouvert, Angel se sentit épuisée. Leur passe d'armes dans l'atelier d'orfèvrerie l'avait plus affectée qu'elle ne l'aurait voulu. Elle se trouvait dans un tel pétrin ! Si elle tentait de se défendre au sujet de son incursion nocturne dans la villa, il faudrait que Leo la croie sur parole. Mais, à ce stade, elle donnait la priorité au proche mariage de Delphi, qu'il ne fallait en aucun cas compromettre. Pourquoi voulait-elle tant plaider sa cause ? Elle s'en voulait de désirer s'innocenter, d'en éprouver le besoin. Comme si cela pouvait changer quelque chose ! Leo ne se révélerait pas pour autant sous un autre jour. Ce qui faisait son malheur, c'était la nature même du caractère de Leo, et pas autre chose.

Elle le suivit dans l'escalier, tout juste capable de mettre un pied devant l'autre. Elle le heurta même, une fois sur le palier, et lâcha un cri en se sentant partir à la renverse. Il se retourna et la retint prestement, la serrant contre lui.

— Mais qu'est-ce que tu as ? s'enquit-il, rembruni.

Elle secoua la tête. Malgré sa lassitude, elle réagissait déjà, s'enflammant à son contact…

— Rien. Je suis juste… un peu fatiguée.

Il continua à la regarder jusqu'à se qu'elle se trémousse entre ses bras, mal à l'aise. Brusquement, il la relâcha et la laissa aller. Elle se sentit comme abandonnée et faillit vaciller quand il déclara :

— Va te coucher. Je dois donner un coup de fil à New York, j'en ai pour un moment.

Elle acquiesça, essayant de refouler sa déception.

— Je serai dehors toute la journée, demain, avec ma sœur, lui rappela-t-elle. Pour acheter nos robes.

Après une hésitation, elle ajouta :

— Je ne t'ai jamais remercié d'avoir permis que le mariage de Delphi se fasse si vite.

Comme il avait le visage dans l'ombre, elle ne put voir son expression. Il se contenta d'observer :

— Cela faisait partie de nos arrangements, non ?

— Bien sûr, lâcha-t-elle, abattue, en s'éloignant vers sa chambre.

Leo aurait dû passer son appel important. Son équipe dirigeante attendait à New York qu'il établisse la liaison. Mais le visage aux yeux cernés d'Angel le hantait. Il demeurait sous l'emprise des jours écoulés, durant lesquels toute son existence avait été mise sens dessus dessous. Où une seule chose semblait avoir un sens : Angel Kassianides dans son lit.

Il avait l'impression que le brouillard qui lui obscurcissait l'esprit depuis qu'il l'avait surprise dans le cabinet de travail s'éclaircissait, et il était perturbé de mesurer l'étendue de son obsession pour cette femme. Leur relation différait radicalement de toutes les liaisons qu'il avait eues. Il n'arrivait toujours pas à avoir prise sur Angel. Pour lui, elle restait une énigme. Une dangereuse énigme.

Elle l'avait remercié d'avoir arrangé le mariage de sa sœur d'une manière qui le tarabustait. Au début, elle s'en était pourtant servi comme d'un outil de chantage, assurant son avenir et celui de Delphi Kassianides.

Il savait aussi qu'elle n'avait pas manqué d'occasions de s'entretenir avec son père. Pourtant, elle n'en avait pas tiré parti. Les rares fois où elle était sortie, c'était pour des rendez-vous avec sa sœur. Elle n'était jamais retournée chez elle, ni dans un endroit proche. Ce qui tendait à indiquer que Tito Kassianides n'était pas mêlé à tout ceci.

Néanmoins, il aurait été fou d'oublier ses soupçons. Une chose était certaine : plus il la côtoyait, plus il perdait son sens logique. Il devait prendre du recul, remettre les choses en perspective…

Il finit par soulever le téléphone et, pendant quelques heures, oublia tant bien que mal la femme qui dormait à l'étage.

Une semaine plus tard, Angel était seule au lit. Il était tard. Leo l'avait avertie qu'il travaillerait tard au bureau et qu'elle devait dîner à la villa. Ce n'était pas la première fois au cours de la semaine. Au lieu d'être soulagée de ce répit, elle se sentait vaguement inquiète.

Leo s'était montré si entier, si passionné depuis leur rencontre, qu'elle était choquée d'être confrontée à cette facette plus distante de sa personnalité. Elle entendit un bruit révélateur : il venait d'entrer dans sa chambre. Elle retint son souffle, guettant ses allées et venues. Mais, à mesure que les minutes s'écoulaient, elle dut se résoudre à l'évidence : il ne viendrait pas la rejoindre.

Les yeux grands ouverts dans les ténèbres, elle s'en voulut mortellement d'être taraudée par le désir, envahie par des visions torrides. Jamais elle n'aurait cru que l'amour physique pouvait être si… excitant. Elle avait l'impression d'être droguée au sexe. Dès qu'elle voyait Leo, sa libido ne connaissait plus de bornes. Un seul regard de lui, et elle s'embrasait.

Elle ne pouvait s'empêcher de soupçonner que cet éloignement faisait partie de son plan de vengeance.

Elle tenta de dormir mais le sommeil la fuyait. Abandonnant la partie, elle se leva lorsque la maison fut silencieuse, et alla chercher un verre d'eau dans la cuisine.

Tout en descendant l'escalier sur la pointe des pieds, elle se rappela sa première arrivée ici, le soir de la réception. Jamais elle n'aurait imaginé alors qu'elle deviendrait la maîtresse de Leo Parnassus !

Comme elle poussait la porte de la cuisine, elle se rendit compte trop tard que la pièce n'était pas vide. Leo était assis devant l'îlot central éclairé par une veilleuse, et mangeait un sandwich. Il leva les yeux à son entrée. Instinctivement, elle battit en retraite. Elle avait le sentiment de l'avoir dérangé dans un moment d'intimité.

— Excuse-moi, je te croyais couché…

D'un signe, il l'invita à avancer.

— Tu n'arrivais pas à dormir ?

— Non, avoua-t-elle en s'immobilisant, gauche et hésitante.

Cela lui faisait un curieux effet d'être en pyjama devant lui. C'était totalement ridicule ! songea-t-elle. Ne semblait-il pas connaître mieux qu'elle son propre corps ? Même s'il ne semblait plus guère s'y intéresser…

— Je voulais juste un verre d'eau, dit-elle.

Elle alla ouvrir le réfrigérateur et en sortit une bouteille, en s'efforçant d'ignorer les battements erratiques de son cœur. L'idée qu'il pouvait deviner son émoi, son désir, lui faisait horreur.

Du coin de l'œil, elle vit qu'il était en jean et T-shirt. Sans doute avait-il travaillé tard à la villa après être rentré du bureau. Elle remarqua ses yeux cernés et s'en inquiéta malgré elle. Soudain étonnée à la vue de ce qu'il avait en main, elle s'approcha pour en être sûre.

— Tu t'es fait un sandwich au beurre de cacahuète et à la confiture ?

— Oui. Et alors ?

— Je… c'est juste que je ne m'attendais pas…

Elle se tut, se sentant stupide. C'était si désarmant de le

surprendre ainsi qu'elle en était ébranlée. Machinalement, elle se percha sur le tabouret en face du sien.

— Tu en veux ? proposa-t-il, ébauchant un sourire.

Elle fit signe que non, et il referma les bocaux.

— C'est une habitude qui me vient de ma grand-mère. Selon elle, les seules choses tolérables aux Etats-Unis étaient le beurre de cacahuète et la confiture en gelée. On se faufilait dans la cuisine, la nuit, et elle préparait des sandwichs tout en me parlant de la Grèce.

— Ce devait être une femme fantastique, commenta Angel, dont le cœur s'était soudain serré.

— Oui. Et une femme de caractère. Elle a mis au monde le plus jeune de ses fils au large d'Ellis Island, sur le bateau qui les amenait de Grèce. Ils ont failli mourir tous les deux.

De plus en plus émue, Angel resta muette un moment.

— Moi aussi, j'étais très proche de ma grand-mère, commença-t-elle, hésitante. Mais elle ne vivait pas chez nous. Elle ne s'entendait pas avec mon père, alors elle nous rendait rarement visite. Lorsque nous avons grandi, nous allions chez elle dès que nous le pouvions, Delphi, Damia et moi. Elle nous apprenait à connaître les plantes et les herbes. Elle préparait des plats grecs traditionnels… tout ce qui n'intéressait pas Irini, ma belle-mère.

— Damia ? fit Leo, fronçant les sourcils d'un air interrogateur.

Sentant se ranimer la douleur familière, Angel précisa :

— C'était notre sœur. La jumelle de Delphi.

— « Etait ? »

Elle acquiesça de la tête.

— Elle est morte quand elle avait quinze ans, dans un accident de voiture sur les collines d'Athènes. A l'époque, elle traversait une période de rébellion, elle faisait les quatre cents coups. Et je n'étais pas là pour…

Angel se tut brusquement. Que lui prenait-il de raconter sa vie à Leo ? Comme si cela pouvait l'intéresser !

Il s'enquit pourtant :

— Pourquoi n'étais-tu pas là ?

Elle constata que sa curiosité était sincère. De plus, elle se confiait à lui sans difficulté. Se fiant à ce moment d'échange, elle expliqua :

— Papa m'avait envoyée dans une pension irlandaise pour que je puisse cultiver mes racines et voir ma mère. J'y suis restée de l'âge de douze ans jusqu'à la fin de mes études.

Tito avait surtout voulu se débarrasser d'elle, en réalité. Après un silence, elle continua :

— Le plus dur, c'était de quitter mes sœurs et grand-mère. Elle est morte au cours du premier trimestre que j'ai passé là-bas. Comme c'était trop loin, je n'ai pas pu assister à l'enterrement.

Elle refoula l'émotion qui menaçait de la submerger à la pensée de Damia : là encore, on ne lui avait pas permis de revenir pour l'enterrement. D'où son lien très fort avec Delphi, et la dépendance de cette dernière à son égard.

Leo se contenta de la regarder sans bouger. Puis il demanda avec douceur :

— Pourquoi ta mère est-elle partie ?

Angel ne parlait jamais de sa mère. A personne. Pas même à Delphi. Cela suscitait en elle des émotions trop contradictoires. Mais Leo ne se montrait pas insistant, ne cherchait pas à lui tirer les vers du nez insidieusement. C'était juste une de ces conversations nocturnes un peu étranges… Prenant une profonde inspiration, elle lâcha :

— Elle est partie quand j'avais deux ans. C'était un top-modèle de Dublin, très belle. Je crois qu'elle n'appréciait guère son quotidien avec un Grec, ni la vie domestique qu'elle menait à Athènes.

— Elle ne t'a pas emmenée ?

— Non, dit Angel, luttant pour ne pas craquer. S'occuper d'un bébé, c'était trop pour elle, je suppose. Elle ne le supportait pas. Alors, elle est rentrée dans son pays et elle a repris sa carrière. Je l'ai vue une fois ou deux quand j'étais en Irlande, mais c'est tout…

Son récit lui parut pathétique. Sa propre mère ne l'avait pas jugée digne d'attention. Elle ne savait vraiment pas comment elle s'en serait tirée s'il n'y avait pas eu la naissance des jumelles, et leur complicité immédiate.

— Et elle ressemblait à quoi, cette pension ? s'enquit Leo.

Il semblait ne pas se satisfaire de si peu.

— Elle se trouve dans le Connemara, une des plus belles régions d'Irlande. Mais très reculée. C'est un ancien couvent aux abords d'un lac tumultueux — un vrai décor de cauchemar gothique. Quand j'y suis arrivée pour la première fois, en septembre, il pleuvait et il faisait gris, on se serait vraiment cru…

Elle s'arrêta, frissonnant malgré elle.

— A des années-lumière d'ici ? suggéra Leo.

Surprise de sa compréhension, elle confirma :

— Oui.

Dans le silence qui suivit, elle se sentit un peu mal à l'aise. Elle venait de livrer des confidences qu'elle n'avait faites à personne. Lorsque Leo se leva pour remiser les pots de confiture et de beurre de cacahuète, une interrogation la traversa. Elle se souvenait de ce que son père avait mentionné la nuit fatale où elle l'avait surpris avec le testament de son ennemi entre les mains. Elle avait peur d'interroger Leo, mais s'y risqua quand même, enhardie par ce qu'ils venaient de partager :

— Qu'est-il arrivé à ta mère ?

Il se figea tout net, et l'ambiance devint glaciale. Angel refusa pourtant de reculer. Après tout, il lui avait posé la même question !

— Pourquoi demandes-tu ça ? fit-il vivement.

Il n'était pas question de tricher ni de mentir.

— C'est vrai qu'elle s'est suicidée ?

— D'où tiens-tu cette information ?

Elle opta pour la franchise, quitte à être perdue à tout jamais dans son esprit :

— Le testament.

Leo semblait ne plus avoir conscience de sa présence. Son regard était plus noir que le jais. Il avait l'air happé dans quelque contrée inaccessible.

— Le testament, bien sûr, fit-il enfin avec un rire sec. Comment ai-je pu l'oublier ? Je crois en effet qu'il mentionne le suicide de ma mère. Sans les détails macabres, bien entendu.

Angel faillit placer une main sur son bras pour le secouer. Elle ne supportait pas son regard fixe, presque halluciné.

— Je l'ai vue, dit-il. Tout le monde s'imagine que non, mais je l'ai vue. Elle s'était pendue avec un drap à la balustrade de la galerie, tout en haut de l'escalier.

Un chagrin mêlé d'horreur envahit Angel. Mais, écoutant son instinct, elle garda le silence. Leo, lui, continua :

— Mes parents avaient fait un mariage arrangé. Le hic, c'est que ma mère aimait mon père. Alors qu'il préférait la conquête des marchés et la récupération de sa maison natale. Il aimait tout cela plus qu'elle. Et que moi. Ma mère ne supportait pas d'être dédaignée. Donc, elle est devenue manipulatrice. Elle est allée de plus en plus loin pour conquérir son attention. Elle a commencé par des crises d'hystérie et de chantage affectif, ce qui a eu pour effet de le faire rentrer encore plus en lui-même. Plus elle pleurait, moins il s'en émouvait. Du coup, elle s'est mise à se mutiler pour faire croire qu'on l'avait agressée. Comme ça ne marchait toujours pas, elle a franchi le pas ultime.

Quelle horreur que d'avoir porté en soi ces effroyables souvenirs ! pensa Angel, glacée jusqu'aux os par ces confidences terribles. Elle devinait que Leo avait vu et subi bien plus de choses qu'il ne consentait à l'admettre, et que personne ne s'en était douté. Elle se rappela sa réaction lorsqu'ils avaient vu un couple se disputer publiquement.

— Leo, je… commença-t-elle.

Elle secoua la tête. Que dire ? Ce serait forcément vain, absurde…

Enfin, Leo la regarda comme s'il revenait à lui. Elle frissonna. Il lui en voudrait sûrement de lui avoir soutiré ces confidences !

— « Leo, je… » quoi ? fit-il d'une voix dure.

Il souffrait. Mais elle n'y était pour rien !

— Je ne pourrais te dire que des platitudes, j'en ai conscience, admit-elle… Mais je regrette que tu aies dû vivre cela. Aucun enfant ne devrait subir un spectacle aussi horrible.

Sa déclaration sincère, sans hypocrisie et sans larmes déplacées, toucha Leo. Une émotion indicible le souleva. Il voulut la dompter à tout prix. Il lui fallait une échappatoire, un soulagement ! Il s'était raconté des histoires en s'imaginant reprendre le contrôle de lui-même et du reste. Du contrôle, il n'en possédait plus une miette !

Mais du diable s'il laissait entrevoir qu'il avait terriblement besoin d'Angel ! C'était plutôt à elle d'admettre qu'elle avait faim de lui.

# 8.

Leo la regardait avec tant d'intensité qu'Angel frissonna.

— Nous ne sommes pas ici pour nous épancher, si agréable que ce soit, dit-il d'une voix dure. Fini les parlotes. J'aimerais que tu me montres ce que tu as appris et que tu me séduises.

Elle le dévisagea, blessée de le voir rejeter leur moment de partage et se fermer de nouveau. Il cherchait à la punir de l'avoir encouragé à parler. Mais… qu'elle aille le séduire ? Lui montrer ce qu'elle avait appris ? Elle ne savait toujours pas ce qu'elle faisait quand ils étaient ensemble ! Pas consciemment, du moins. Dès qu'il la touchait, elle oubliait tout…

Comme s'il suivait ses délibérations intérieures, il répéta :

— Je veux que tu me séduises. Tu es ma maîtresse. C'est ton rôle.

Elle se sentit plus offensée encore. Pendant un instant, elle avait oublié qu'elle était sa maîtresse, en effet. Ces derniers jours, il n'était pas venu la rejoindre, et cela l'avait mise à cran. Elle s'avouait soudain, à sa grande horreur — surtout en ce moment où il se montrait si froid —, qu'elle était ravie à l'idée de le toucher selon son bon plaisir.

Quand il gardait ses distances, raisonna-t-elle, elle avait moins de mal à juguler ses émotions. Soudain, elle capta dans son regard quelque chose de fugitif, d'indéfinissable.

Aussi inouï que cela puisse paraître, pendant un éclair, Leo avait semblé presque vulnérable. Cela la décida.

Elle déposa la bouteille qu'elle tenait toujours sur le plan de travail et s'approcha de lui. Levant les yeux, elle vit qu'il la regardait, immobile. Des lueurs dorées dansaient dans ses prunelles et, étrangement, cela la réconforta. Enhardie, elle posa ses mains sur son torse, se haussa sur la pointe des pieds et s'efforça d'attirer sa tête à elle pour l'embrasser. Mais il demeura figé. Il ne lui facilitait pas la tâche ! Loin de la rebuter, cela la stimula.

Elle le fit reculer vers un tabouret, l'y poussa en position assise. Se frayant un passage d'un petit mouvement décidé, elle lui écarta les jambes, se plaçant au creux de ses cuisses. Son regard tomba sur sa cicatrice, juste au-dessus de sa lèvre, et elle l'effleura doucement avant de s'incliner pour y déposer un baiser.

Leo s'obstinait à rester immobile. Insensible. Elle se sentit très peu sûre d'elle, tout à coup, et pensa aux innombrables blondes flamboyantes qui avaient dû partager son lit, savoir l'émoustiller et lui faire perdre la tête…

— Ecoute, commença-t-elle, je ne crois pas que…

— Continue, coupa-t-il, la voix râpeuse.

Elle le considéra. Il n'était pas aussi froid qu'elle l'avait cru. Son regard brillait, animé par ces petites étoiles dorées qu'elle aimait tant contempler. Soudain enhardie, le cœur battant, elle effleura ses cuisses et remonta lentement vers leur jonction. Elle plaça une main en coupe sur le renflement viril, grisée de palper son excitation. Puis elle le caressa, faisant aller et venir ses doigts courbés. Du coin de l'œil, elle remarqua qu'il crispait les poings. Il bougea légèrement et elle s'écarta aussitôt :

— Interdit de toucher.

Il acquiesça, serrant les mâchoires. Elle se rapprocha et recommença son manège. Elle sentit s'affirmer sa tumescence, et un feu brûlant se répandit en elle à l'anticipation de l'étreinte à venir. Sa main continua à le caresser tandis qu'elle glissait l'autre derrière sa nuque, puis elle s'inclina pour l'embrasser. D'abord, il ne réagit pas, bien qu'il la laissât faire. D'un léger coup de langue, elle retraça les contours de ses lèvres, l'amenant à les entrouvrir. Alors, elle lui donna un baiser profond, faisant dialoguer sa langue avec la sienne.

Elle sentait monter sa propre excitation, mais ne tarda pas à remarquer qu'il endiguait son plaisir, bien qu'il répondît à son baiser. S'efforçant de se maîtriser, elle se releva et lui tendit la main. Il la saisit en se levant, et elle le mena dans l'escalier vers sa chambre de maître.

C'était à la fois intimidant et aphrodisiaque de le voir silencieux, passif. Une fois la porte refermée derrière eux, elle se retourna vers lui et releva son T-shirt. Il s'en laissa dépouiller. Alors, elle le fit asseoir au bord du lit d'une légère poussée, puis entreprit de lâcher ses cheveux, d'ôter lentement la veste fine de son pyjama. Elle ne tarda pas à être entièrement dévêtue. Il s'était renversé en arrière, dans une pose terriblement érotique, et la contemplait, se repaissant du spectacle, posant un regard intense sur les pointes raidies de ses seins…

Elle vint à lui et lui écarta les jambes, défaisant sa fermeture Eclair, le délivrant des strates de tissu qui le séparaient encore d'elle. Il était tendu, son regard brûlait. De temps à autre, un effleurement involontaire attisait le désir d'Angel et lui arrachait un gémissement voluptueux. Quand il fut nu, elle recommença à caresser sa chair turgide, se délectant de le sentir gonfler et durcir sous ses doigts. Puis, d'un geste instinctif, elle inclina la tête…

Le lendemain matin, Angel se réveilla, comblée et repue. Un bruit lui fit tourner la tête. Debout devant le miroir de son dressing, Leo était occupé à nouer sa cravate.

Aussitôt consciente de sa nudité, elle rabattit les draps. Elle était sur ses gardes. C'était la première fois qu'elle s'éveillait à ses côtés.

Comme il tournait les yeux vers elle, elle s'arma de courage :

— Tu n'es pas encore parti. Et je suis dans ton lit.

— Tu es la championne des lapalissades, dit-il avec une ombre de sourire en coin, en achevant de nouer sa cravate.

Elle songea à la nuit écoulée, au caractère volcanique de leur échange et à ce qui les y avait conduits.

— T'est-il déjà arrivé de te réveiller près de la femme avec qui tu as fait l'amour ? demanda-t-elle, presque comme si quelqu'un d'autre lui sortait les mots de la bouche.

Les mains de Leo se figèrent. Son regard animé d'une lueur chaleureuse vira au froid glacial.

Il tenta de ne pas la regarder. Mais à quoi bon ? Son image était gravée en lui. Il la « voyait » dans toute la splendeur de sa chevelure défaite, de sa nudité. La question qu'elle venait de poser, en revanche… Son impertinence l'avait transpercé comme un coup de baïonnette. Il avait failli hurler : « Non ! » Car, pour lui, s'éveiller dans les bras d'une femme était presque un sacrilège.

Cela impliquait un degré de confiance qu'il n'éprouvait pas. Pour lui, la confiance allait de pair avec l'émotion. Et l'émotion entraînait la peur, puis, pratiquement au sens littéral, la mort. Son modèle féminin originel, sa mère, avait souffert d'une instabilité dangereuse. Il n'en avait révélé qu'une toute petite partie à Angel. Pourquoi, bon sang, avait-il fallu qu'il parle !

L'irritation le gagna. Il avait bel et bien failli s'éveiller lié à Angel comme un sarment à son cep. Décidément, ça n'allait pas !

Angel savait que Leo ne répondrait pas. Elle était sidérée d'avoir osé lui poser cette question. Elle se leva en s'enveloppant du drap, puis ramassa ses vêtements épars sur le sol, rougissant au souvenir des ébats de la veille. Elle n'était pas loin d'avoir atteint sa propre chambre lorsqu'il lança avec décontraction :

— Nous sortons ce soir. Je serai rentré à 20 heures.

Elle se contenta d'incliner la tête et puis s'esquiva, ne supportant pas son air glacial.

Elle était de retour au point de départ, pensa-t-elle, remise à sa place ! Le mariage de Delphi avait lieu dans une semaine tout juste. Leo y voyait peut-être la fin de l'expiation qu'il exigeait d'elle. Il n'était pas impossible qu'il se défasse d'elle le lendemain de la noce ; et remplace les sublimes toilettes de sa garde-robe par d'autres tenues pour une maîtresse différente, étrangère à toute vendetta…

Allant prendre sa douche, elle pensa qu'elle avait au moins quelque chose à quoi se raccrocher, en dehors du mariage de Delphi : la commande de bijoux pour Ari et Lucy Levakis. Cela l'aida à chasser les idées perturbantes. En particulier la désarmante révélation d'une facette inédite de la personnalité de Leo, la veille au soir.

Le matin des noces de Delphi, Angel se prépara dans sa chambre. Leo était parti au bureau et devait se rendre à l'église de son côté. D'accord avec sa sœur, Angel avait résolu d'éviter à tout prix un contact avec leur père. Il se garderait sûrement de faire une scène à l'église face à ses pairs réunis !

Une angoisse sourde la rongeait. Etait-ce aujourd'hui, au point culminant du marché conclu avec Leo, que leur liaison prendrait fin ? Elle s'avoua qu'elle n'y était pas prête. Même si cela faisait d'elle une masochiste. Mais, pour lui, ce serait le summum de la vengeance : s'approprier Angel Kassianides, lui donner un avant-goût du paradis, et puis la jeter tel un objet de rebut.

Son paradis n'avait rien à voir avec les largesses qu'il

lui octroyait. Elle songeait à un Eden d'une tout autre nature : le bonheur de devenir femme, de découvrir les splendeurs sensuelles qu'aucun autre homme ne pourrait plus jamais lui faire connaître — elle en avait la certitude.

Elle se contempla dans le miroir, observant ses yeux dilatés et trop brillants, ses pommettes enflammées.

Depuis cette nuit dans la cuisine, une semaine plus tôt, elle était aux prises avec ses sentiments. Elle voulait se persuader qu'elle réagissait comme une victime s'entichant de son ravisseur. Mais une voix ironique lui soufflait que cette sensation portait aussi un autre nom : amour…

Elle pâlit. Comment avait-elle pu tomber amoureuse de Leo Parnassus alors qu'il n'avait nourri que de froids calculs envers elle ? Forcément, raisonna-t-elle. Il avait eu toutes les raisons de croire qu'elle était venue le voler. Etant donné l'inimitié de leurs deux familles, il était vraisemblable qu'elle recoure à n'importe quel expédient pour sauver les siens. Pourtant, Leo avait tenu sa promesse : dans un instant, une voiture la conduirait à l'église où sa sœur enceinte épouserait son amour de jeunesse. Et tout serait pour le mieux pour Stavros et Delphi.

N'était-ce pas ce qui comptait ? De toute façon, il n'y avait aucun avenir possible entre elle et Leo. Il ne savait même pas ce que partager le lit d'une femme voulait dire. Alors, pour ce qui était d'en partager l'existence… !

Un bruit, sur le seuil de sa chambre, l'amena à se retourner. Leo était là, superbe dans un costume gris acier. Sa chemise et sa cravate blanches rehaussaient son teint hâlé.

— Qu'est-ce que tu fais ici ? demanda-t-elle, la gorge sèche.

— Tu es si contente que ça de me voir ? railla-t-il. Il faudra que je te surprenne plus souvent.

Il ajouta prosaïquement :

— J'ai pensé venir te chercher moi-même, c'est tout. Tu ferais bien de te dépêcher.

Ramenée à son devoir, elle jeta un dernier coup d'œil dans le miroir sur son fourreau court de demoiselle d'honneur, d'un rose cendré foncé. Une fleur de même couleur ornait ses cheveux réunis en chignon.

Elle prit son étole et suivit Leo, en espérant qu'il ne déchiffrerait pas les émotions à fleur de peau qu'elle réprimait tant bien que mal.

Angel réussit à éviter son père pendant la majeure partie de la noce. Mais, de temps à autre, elle sentait posé sur elle son regard malveillant. Lors du couronnement des mariés, selon le rituel grec, une grande émotion la gagna et elle refoula à grand-peine ses larmes. Affolée par son excès de sensibilité, elle évita soigneusement de regarder Leo, de crainte de se trahir.

Au moment du départ pour la réception, Stavros la prit à part et, en son nom et celui de Delphi, la remercia d'avoir œuvré pour leur union. Ces quelques mots sincères joints au bonheur éclatant de sa sœur la récompensèrent de ses peines.

Leo l'attendait sur le parvis pour la conduire à la réception. A son grand soulagement, elle constata que Tito ne semblait pas enclin à susciter un scandale — d'autant que Leo était courtisé et fêté par chacun comme si c'était *lui* le marié. C'était pour l'impressionner, sans doute, que Dimitri Stephanides, le père de Stavros, avait réservé et fait décorer une salle de réception somptueuse dans le plus beau palace d'Athènes. L'affluence y était grande, et Angel prit conscience que les choses s'étaient subtilement modifiées depuis sa première apparition publique avec Leo. Les journaux avaient cessé d'en faire leurs choux gras, et chacun semblait accoutumé à les voir ensemble.

— Tu veux danser ?

Arrachée à sa songerie, elle vit Leo devant elle, bras à demi ouverts. Elle se laissa entraîner sur la piste où Stavros et Delphi venaient d'ouvrir le bal sous les applaudissements. Une chanson lente et rêveuse s'éleva, et Leo l'attira contre lui. Elle céda, se laissant emporter.

— Ta sœur n'est pas ce que j'imaginais…

Angel se crispa. Mais Leo, dont la main tiède, sur son dos, caressait sa peau nue, l'amena à se détendre.

— Que veux-tu dire ?

— Elle semble… douce et gentille. Si je ne savais pas à quoi m'en tenir, je croirais qu'elle et Stavros sont sincèrement amoureux.

Angel, vraiment tendue, cette fois, voulut s'écarter de lui. Peine perdue.

— Ils s'aiment, chuchota-t-elle avec un accent farouche. Depuis leur plus tendre enfance.

— Comme c'est mignon, ironisa-t-il.

Domptant son hésitation, Angel révéla :

— S'ils tenaient à se marier si vite c'est parce que Delphi est enceinte. La famille de Stavros n'aurait jamais accepté qu'il épouse une Kassianides. Stavros voulait s'enfuir avec Delphi, mais elle s'y est opposée.

Leo haussa le sourcil.

— Il aurait été déshérité et chassé de chez lui, fit-elle valoir.

Devant la lueur cynique qui brillait dans son regard, elle enchaîna avec passion :

— Ce n'est pas ce que tu penses ! Delphi se fiche de l'héritage de Stavros. Mais il projette une carrière politique, et elle ne voulait pas être responsable d'une querelle familiale.

— Néanmoins, elle est désormais à l'abri — tout comme toi, par procuration, observa-t-il. Son mari est riche.

Blessée par son cynisme, elle s'écarta violemment de lui.

— Crois ce que tu voudras. Un type comme toi ne saura jamais ce qu'est le véritable amour !

Avant même qu'il ait pu la rattraper, elle tourna les talons, se faufila à travers les couples de danseurs et gagna le hall. Conscient d'être le point de mire, notamment des femmes qui, déjà, se rapprochaient, croyant deviner une occasion, Leo s'éloigna avec irritation vers le bar. Il ne manqua pas d'apercevoir au passage l'heureux couple.

Stavros et Delphi, réfugiés à l'écart, se souriaient. Ils échangeaient un regard si intense qu'il en reçut une sorte de choc. Ils ne correspondaient en rien à la description qu'il venait d'en donner et il se sentit coupable, comme s'il avait sali quelque chose de beau.

Il constata que Delphi n'avait de commun avec Angel que la silhouette et la stature. Elle possédait les traits accentués de son père et ses yeux bruns, tandis qu'Angel tenait sans doute de sa mère irlandaise ses traits délicats et son teint clair. Il se remémora soudain le sort de Damia, la jumelle de la jeune épousée… Au même instant, il vit venir Ari et Lucy et se réjouit de cette diversion. Trop de contradictions l'assaillaient face à la famille d'Angel.

Quand Angel eut recouvré son calme, elle regagna la salle de bal, où elle eut la surprise de voir Leo engagé dans une danse traditionnelle avec les autres hommes. Malgré sa colère à son égard, elle se sentit fondre lorsqu'elle vit ses traits illuminés d'un grand sourire et la sensualité de ses mouvements. Soudain, on la saisit rudement par un bras, lui arrachant un léger cri de douleur. Son père venait de la harponner.

— Nous devons avoir une petite discussion, ma fille. Tu m'as manqué, tu sais. Tu as été beaucoup trop occupée depuis notre dernière entrevue.

Sentant les vapeurs d'alcool qui infectaient son haleine,

Angel eut la nausée. Elle essaya de se libérer, mais Tito Kassianides tint bon.

— Nous n'avons rien à nous dire, prétendit-elle. Il était hors de question que je laisse ce testament entre tes mains.

— Du coup, tu l'as restitué illico à ton don Juan, ricana-t-il. Ne t'imagine pas que tu vas t'en tirer comme ça, Angel. Je n'en…

Delphi se matérialisa soudain devant eux et entraîna sa sœur d'autorité. Angel lui décocha un regard de reconnaissance tandis que Tito, titubant comme un ivrogne, posait sur elles des yeux chargés d'animosité. Elle était si soulagée de ne plus avoir aucune raison d'habiter chez lui, maintenant que Delphi était mariée !

Sa sœur partirait en lune de miel dès le lendemain pendant plusieurs semaines. Elle se sentirait très seule après avoir si longtemps veillé sur Delphi ! Elle s'attrista de son propre sort, ce qui ne lui ressemblait guère. Elle pensa que sa mère l'avait abandonnée, que son père lui avait toujours été hostile et que, sous peu, Leo se déferait d'elle… Elle n'était qu'un petit bout de bois flotté qui serait bientôt emporté au fil du courant.

Leo se présenta devant elle à cet instant pour l'emmener et elle se hâta de le suivre. Elle préférait éviter toute nouvelle altercation avec son père.

Deux jours après le mariage, Leo, entrant dans la villa après une journée de travail, traversa le hall en direction de l'atelier d'orfèvrerie d'Angel. Arrivant plus tôt que de coutume, la veille, il l'avait observée à son insu. Vêtue d'un chemisier blanc et d'une vieille salopette, affublée de lunettes de protection, elle conservait pourtant le même pouvoir sur lui. Et, une fois de plus, il s'était laissé troubler…

En cet instant, il éprouvait des sentiments très partagés. Il avait vu que Tito Kassianides l'avait abordée à la réception, et leur échange l'avait frappé par son intensité. Il n'avait pas manqué de remarquer aussi les sourires complices qu'elle avait échangés avec Delphi. Bien qu'il eût révisé son opinion quant aux motivations matrimoniales de sa sœur, de sérieux doutes étaient revenus le tarauder.

Après tout, la réalité demeurait : il avait surpris Angel en flagrant délit de vol. Détail qu'il avait tendance à un peu trop oublier…

Comme il traversait le hall, Calista, sortant d'une pièce, lui lança l'air inquiet :

— Avez-vous vu Angel ?

— Pas encore.

— Elle est dans la cuisine, fit Calista avant de poursuivre sa route, affairée.

Qu'y avait-il donc ? Que fabriquait Angel dans la cuisine ? se demanda-t-il, obliquant dans cette direction avec irritation. Ses soupçons se ravivaient de plus belle. Angel et Delphi avaient obtenu le mariage qu'elles quêtaient. Et il avait mis Angel dans son lit. Complotait-elle maintenant quelque nouveau tour avec son père ?

Il s'arrêta sur le seuil. Angel, dos tourné, cheveux lâchés, se tenait face au plan de travail. Une étrange fragilité émanait d'elle. Elle était encore en T-shirt et pantalon d'intérieur alors qu'ils étaient attendus dans moins d'une heure !

Quand il avança, elle ne se retourna pas. Il se rappela leur soirée dans la cuisine, lorsqu'il lui avait parlé de sa mère… La colère le prit. Il fut d'autant plus vif et agacé quand il vit qu'elle façonnait des boulettes de viande.

— Nous avons une première, rappela-t-il avec rudesse.

Elle répondit en conservant la même pose :

— Je préfère rester à la maison, si ça ne t'ennuie pas. Je suis fatiguée. Mais que ça ne t'empêche pas de sortir.

Son évidente vulnérabilité le troubla. Ah, non ! Elle

n'allait pas lui jouer il ne savait quelle comédie pour le tromper !

— Angel, nous avons un accord. Le mariage de ta sœur ne signifie pas que ton rôle de maîtresse est terminé.

Elle tressaillit, comme s'il l'avait frappée, et lui décocha un coup d'œil sans vraiment le regarder.

— Ecoute, c'est juste pour ce soir. Je suis vraiment lasse.

Il fut soudain alerté par la crispation de son attitude, de sa voix. Quelque chose ne tournait pas rond , pensa-t-il, la saisissant par le bras d'un geste instinctif. Elle se raidit violemment.

— Angel, mais… ? Mais que t'arrive-t-il ?

Il dut la contraindre pour qu'elle accepte de se tourner face à lui. Elle gardait la tête baissée, masquée par les pans lisses de ses cheveux. Lui relevant le visage, il resta un instant sidéré, puis s'exclama d'une voix sourde :

— Bon sang ! Qu'est-ce que c'est que ça ?

# 9.

Angel sentit que Leo relevait légèrement son visage vers lui. Elle n'avait pas voulu qu'il la voie ainsi. Elle avait espéré qu'il consentirait à sortir sans insister. Eh bien, c'était raté. Et il examinait maintenant sa mâchoire enflée, contusionnée, marbrée d'une ecchymose.

Elle tenta de lui échapper, mais il ne céda pas. Il écarta ses cheveux pour mieux voir.

— Tu y as appliqué de la glace ? s'enquit-il, l'air sombre.

Elle fit signe que non.

— Ça me ferait mal.

— Juste au début, fit-il, palpant sa mâchoire en douceur.

Elle ne put retenir un soupir étranglé, et il lâcha un juron.

— Il n'y a apparemment rien de cassé, déclara-t-il, mais il vaudrait mieux passer une radio à l'hôpital.

— Non, non, pas l'hôpital. J'ai juste un peu mal, ça passera.

Elle tenta de se dérober à son regard, craignant de trahir ses émotions. Il la conduisit vers un tabouret et l'y assit. Puis, ayant enveloppé des glaçons dans un torchon, il vint les placer délicatement contre sa joue. Une douleur fulgurante la lança. Heureusement, les vertus anesthésiantes du froid ne tardèrent pas à se faire ressentir.

Horrifiée, elle sentit que des larmes débordaient de ses paupières, roulaient sur ses joues.

— Désolée, je… je…, hoqueta-t-elle.

Le contrecoup du choc se manifestait. Elle s'était

contenue jusque-là, mais à présent ses dents claquaient, elle se mettait à trembler. Leo lança un appel bref en grec et elle devina qu'il s'adressait à Calista. Cette dernière avait insisté pour alerter Leo, tout à l'heure. Angel s'y était opposée.

La gouvernante ne tarda pas à présenter un verre de cognac, dont Leo s'empara. Puis il fit boire une ou deux gorgées à Angel. L'effet fut immédiat. Au bout de quelques instants, il cessa de maintenir les glaçons contre sa joue. Gentiment, il l'emmena hors de la cuisine, confiant à Calista, qui se tenait dans les parages, le soin d'avertir son assistante qu'il serait indisponible toute la soirée.

Il était sur le point de faire entrer Angel dans le « petit séjour » lorsqu'elle protesta :

— Non, non, tu dois partir, tu as ta première…

La forçant à s'asseoir, il énonça d'une voix calme :

— Tu t'imagines vraiment que je vais perdre deux heures à un spectacle sans intérêt alors que tu es dans cet état ?

Puis, d'un air qui n'admettait aucune échappatoire :

— Vas-tu me dire qui t'a donné ces coups de poing ?

Angel ne pouvait mentir. Calista était au courant, de toute façon… Devinant sans doute son intention, Leo ajouta vivement :

— N'essaie surtout pas de défendre celui qui a fait ça !

Elle pâlit. Laissant échapper une imprécation, il lui fit boire encore un peu d'alcool. Comme elle continuait à se taire, il se contenta de hausser un sourcil. La mimique signifiait clairement : « J'attends. Je ne céderai pas. »

— Je… mon père est venu me voir, aujourd'hui.

— C'est *ton père* qui a fait ça ?

Elle acquiesça.

— Il avait bu. Il est venu me dire que j'avais déshonoré notre nom. En général, je sais l'éviter, mais… il m'a prise au dépourvu. Je n'ai pas réagi assez vite. Je n'aurais jamais imaginé qu'il se présenterait ici.

Elle baissa la tête. Tito lui faisait honte. Et elle s'en voulait, au bout de tant d'années, de souffrir encore de son manque d'amour pour elle.

— Il t'a *déjà* frappée ? s'exclama Leo d'une voix vibrante d'indignation.

— Pas si brutalement. Quand j'étais plus jeune, il me donnait des coups. Il m'en a toujours voulu. Je lui rappelais son humiliation lorsque ma mère l'a quitté… *nous* a quittés. J'ai appris à esquiver. C'est juste que cette fois…

Elle se tut. Elle n'allait certes pas révéler que c'était Leo qu'elle défendait lorsque Tito lui avait donné des coups de poing.

Bien des choses prirent un sens pour Leo, à cet instant-là : ce qu'il avait vu au mariage ; le long séjour en pension d'Angel…

— C'est pour ça que tu ne vas jamais chez toi.

De nouveau, un signe d'assentiment. Soudain oppressé, Leo continua :

— Il ne t'a jamais envoyée ici, n'est-ce pas ? Ni le soir de la réception ni lorsque je t'ai trouvée dans le cabinet de travail ?

Une fois encore, elle secoua la tête. Son cœur battait si fort, tout à coup, qu'elle avait l'impression de défaillir.

— Que faisais-tu ici, Angel ?

— Pour la réception, je te l'ai déjà expliqué : je travaillais. J'ai tenté de me cantonner dans la cuisine, mais mon patron m'a assignée au service. J'ignorais totalement que tu étais là. J'avais évité de lire les journaux et tout ce qui concernait le retour de ta famille. J'avais trop honte.

Elle s'interrompit, sidérée de constater que Leo l'écoutait. Elle souhaita de toutes ses forces qu'il la croie, et continua :

— Pour la nuit d'après… je ne volais pas, j'essayais de restituer le testament.

— Restituer ? fit-il, fronçant les sourcils.

— La veille, j'avais trouvé mon père en train de médire à ce sujet. C'est comme ça que j'ai su, pour ta mère. Il avait chargé ses sbires de le voler. Enfin, c'est ce que j'ai supposé… En fait, j'ignore d'où il le tenait et comment il se l'était procuré. Dès que j'ai pu, je le lui ai pris et je l'ai apporté ici en m'imaginant que je pouvais le glisser dans un tiroir, quelque chose comme ça.

Elle marqua un arrêt, détournant brièvement les yeux.

— Je me sentais si mal après tout ce que ta famille avait subi. Je ne voulais pas qu'il provoque encore des problèmes. Mais tu es entré…

— Et tout le monde connaît la suite, acheva Leo — sans réel humour.

Angel ne lui avait jamais vu un air aussi sombre. Ce qu'elle lut dans son regard lui donna un coup au cœur.

— Angel, je…

— Ecoute, je sais très bien de quoi ça avait l'air, coupa-t-elle. C'est pour ça que je n'ai même pas essayé de me défendre. Les apparences étaient contre moi.

— Non. Il a fallu que ton père te batte pour que je perçoive enfin la vérité.

— Ne dis pas ça. Je me suis piégée moi-même.

— Pas comme ça, protesta-t-il farouchement. Si j'avais pensé une seconde qu'il était capable de…

Il effleura la joue d'Angel, et murmura :

— Tu dois être fatiguée.

— Un peu…

Mais elle redoutait les visions qui la hanteraient si elle allait se coucher : la face congestionnée de son père, la rapidité brutale de ses coups de poing, si violents qu'elle avait un instant perdu connaissance. Revenue à elle, elle l'avait vu qui fouillait les tiroirs du cabinet de travail. Heureusement, Calista, restée dans les parages, avait alerté le garde posté à la grille. Celui-ci avait escorté

Tito hors des murs après lui avoir infligé une fouille en règle à la demande d'Angel. Par chance, son père n'avait rien trouvé à voler.

— Je ne veux pas aller au lit, dit-elle, farouche.

Leo se méprit :

— Je n'attends pas que…

— Ce n'est pas ce que j'ai voulu dire, coupa-t-elle. C'est juste que je n'ai pas envie de ruminer ce qui s'est passé.

En un rien de temps, elle fut confortablement assise dans le salon de télévision, enveloppée d'une couverture. Attentif comme une mère poule, Leo, qui avait sollicité les talents de Calista, lui fit boire du potage car elle ne pouvait rien mâcher.

Un lien fragile et délicat semblait soudain les relier, et Angel s'y raccrocha avec avidité.

Elle finit par s'endormir contre lui après avoir regardé une émission divertissante et oublié un peu ce qui la tourmentait. La voyant ainsi, abandonnée et confiante, Leo resta songeur. Beaucoup de questions l'agitaient. La colère couvait en lui, sauvage et primitive : il aurait aimé rouer de coups Tito Kassianides !

Il s'efforça de se calmer. Et tout à coup une voix insidieuse le railla : Si c'était un coup monté ? une ruse pour éveiller sa sympathie, susciter sa confiance ?

Non, ce n'était pas possible, bon sang ! Il l'avait eue vierge. Et il vibrait encore d'une satisfaction toute masculine à ce souvenir.

Tant de choses prenaient un sens à la suite de la confession d'Angel ! raisonna-t-il, écœuré de lui-même. Après l'enfance qu'il avait subie, en était-il réduit à croire qu'Angel pouvait se porter aux pires extrémités pour le manipuler ? Etait-il donc cynique et blasé à ce point ?

La réponse n'était pas nécessaire. Il éteignit la télévision et, soulevant délicatement Angel dans ses bras pour ne pas l'éveiller, il la transporta dans sa chambre. Puis, l'ayant couchée, il se dévêtit et s'allongea, la lovant contre lui.

Angel se réveilla, en slip et T-shirt, dans le lit de Leo. Nu, un bras et une jambe emprisonnant les siens, il dormait en chien de fusil, la tenant serrée contre lui. Devinant qu'il n'aimerait pas la trouver dans son lit au réveil, elle risqua un mouvement pour se dégager.

— Reste où tu es, grommela-t-il de sa voix grave.

Elle cessa de bouger. Mais elle ne pouvait pas faire semblant de dormir, d'autant qu'elle sentait durcir la partie la plus virile de son anatomie et, déjà, respirait d'un rythme plus entrecoupé… Elle leva légèrement la main en sentant une légère douleur et laissa échapper un soupir guttural : un élancement aigu venait de la traverser, lui remémorant l'incident de la veille.

Aussitôt, Leo roula sur lui-même pour se pencher sur elle. Sa brève imprécation et son regard lui apprirent que le spectacle n'était pas joli à voir.

— C'est si horrible que ça ? demanda-t-elle.

— Violacé et gros comme mon poing, répondit-il avec un sourire en coin.

Puis, redevenant sérieux :

— Je t'emmène à l'hôpital aujourd'hui, que ça te plaise ou non.

Angel se garda d'argumenter. Elle le contempla et son cœur bondit. Depuis que le mur de défiance qui les séparait était abattu, elle prenait conscience qu'elle l'aimait. Profondément.

— Si tu dormais encore un peu ? suggéra-t-il. Tu en as besoin.

Terrassée par la fatigue, elle eut un léger signe d'assentiment et murmura d'une voix ensommeillée :

— D'accord. Mais réveille-moi, et je retournerai dans mon lit…

Elle ne vit pas la crispation de chagrin de son visage, elle dormait déjà. Longtemps, Leo demeura les yeux grands ouverts, songeur.

Deux semaines plus tard, Angel fixait sans les voir les bijoux de Lucy, enfin terminés. Prudemment, elle palpa sa mâchoire. L'ecchymose s'était résorbée, ne laissant qu'une légère empreinte jaunâtre qu'il était facile de masquer avec du fond de teint. La radio qu'elle avait passée dans la clinique où Leo l'avait conduite avait confirmé l'absence de fracture. Il ne s'agissait que d'une sévère contusion. Depuis, Leo était aux petits soins, et lui tenait compagnie à la maison en dépit de toutes ses protestations. Un soir, il lui avait même fait la surprise de congédier Calista et de leur préparer à dîner. Elle n'en devenait que plus profondément amoureuse… Un sentiment qu'il trouverait inopportun.

De toute évidence, il se sentait coupable de l'avoir méjugée. Il tenait à ce qu'elle dorme avec lui, mais ne la touchait pas. Cela la frustrait. Elle le sentait excité chaque fois. Mais il continuait à la traiter comme une fragile porcelaine de Saxe.

La veille, n'y tenant plus, elle l'avait gainé de sa main, le touchant intimement, le suppliant de se prêter à son désir. Elle avait honte de l'emportement de ses sens quand il avait enfin basculé sur elle et l'avait ardemment chevauchée. Elle n'oubliait pas que c'était elle, non Leo, qui avait initié cet échange torride.

Le regard perdu dans le vague devant la fenêtre de son bureau athénien, Leo était tout à son obsession : *Angel.*

Elle le mettait sens dessus dessous. Pour un homme qui n'aimait pas à s'éveiller au lit avec une femme, il n'avait plus de repos s'il n'avait pas la certitude qu'elle serait près de lui au matin !

Il nourrissait toujours des remords car sa propre conduite l'avait mise en danger. Pourtant, elle l'avait supplié de ne rien faire à Tito. Son père saisirait le premier prétexte venu pour déterrer la hache de guerre, avait-elle fait valoir. La meilleure vengeance était de l'ignorer. Leo avait cédé bien à contrecœur !

Dans les jours consécutifs à l'agression, il n'avait pas eu de peine à s'interdire de la toucher car son inquiétude avait triomphé de son désir. Il avait aussi pris conscience d'une chose perturbante : ses ébats avec Angel avaient une nature beaucoup plus ambiguë qu'une simple vengeance. Des liens subtils se tissaient entre eux, qui lui rappelaient l'époque où il avait juré de ne jamais s'attacher à quelqu'un au point de sentir déferler les émotions qui le submergeaient.

Il secoua la tête. Bon sang, il détestait l'introspection ! Aussi, lorsqu'un coup léger à la porte le tira de sa rêverie, il cria volontiers :

— Entrez !

Sa secrétaire entrebâilla la porte pour lui annoncer Ari Levakis.

— Merci, Thalia. Envoyez-le-moi tout de suite.

Il sourit en voyant son ami et l'accueillit avec chaleur. Ils s'assirent et discutèrent des affaires en cours sans cérémonie, en toute confiance. Au bout d'une bonne heure, Ari se renversa dans son fauteuil, une tasse de café à la main, et regarda Leo. Inexplicablement, il se sentit sur la sellette.

— J'ai parlé à Angel, hier. Elle dit que les bijoux seront prêts ce soir, lorsque vous viendrez dîner. J'espère qu'elle n'a pas trop exigé d'elle-même pour les terminer. Nous ne vous avons pas beaucoup vus, ces temps-ci, tu ne l'as pas surmenée, au moins ?

Avec un sourire crispé, Leo refoula ses souvenirs des soirées écoulées. Chaque jour, en rentrant à la maison, il avait trouvé Angel absorbée dans sa tâche, dans sa salopette de travail qui avait le curieux don d'enflammer sa libido. Se rendant compte qu'il en oubliait de répondre à Ari, il dit d'un ton un peu trop vif :

— Pas du tout ! Nous avions envie de couper un peu avec les mondanités. Elle a travaillé dur, c'est vrai. Mais elle y a pris du plaisir.

Il ne mentait pas. Plusieurs fois, Angel n'avait même pas pris garde à sa présence avant qu'il vienne lui ôter les écouteurs de son baladeur. Elle s'était retournée alors, et lui avait souri…

— Quand j'ai su que tu sortais avec elle, j'ai eu des doutes, dit Ari. Après tout, compte tenu de son nom, et de la manière dont elle a surgi à ta réception…

Leo dut avoir une expression éloquente car Ari éleva les mains d'un air d'impuissance, en disant :

— Eh bien, tu ne peux pas m'en vouloir, Leo. Ce ne sont pas les beautés qui manquent à Athènes. Et tu as choisi la plus improbable. D'autres diraient la moins convenable. Si tu avais tourné le dos à toute cette famille, personne ne te l'aurait reproché.

Ari ne connaissait qu'une partie de la vérité, songea Leo. Que dirait-il, s'il lui racontait ce qui s'était passé ? Ari aurait-il condamné Angel sans lui laisser la possibilité de se défendre, ainsi qu'il l'avait fait lui-même ? Se serait-il servi de l'incident pour exercer un chantage et en faire sa maîtresse ?

Il se leva, pris d'une agitation soudaine. Angel seraitelle devenue sa maîtresse de son plein gré ?

Se faisant l'effet d'être un imposteur, mécontent de se sentir sur la défensive, il improvisa des platitudes :

— Notre passé ne regarde que nous… il y a une sorte de… de corrélation dans notre rencontre.

Il se rappela la première fois qu'il l'avait pénétrée. Soudain, il se sentit au pied du mur.

— Bonjour, Angel. Il est avec Ari Levakis, précisa Thalia en souriant, mais ils n'en ont sans doute plus pour longtemps. Je vous laisse, je vais déjeuner.

Angel suivit des yeux l'assistante de Leo, qu'elle avait croisée à la villa un soir où il avait travaillé particulièrement tard. Quand Thalia eut quitté la luxueuse réception, elle déposa machinalement sur la table un petit sachet en papier brun. C'était la première fois qu'elle venait voir Leo au bureau, et son cœur battait la chamade.

Son regard se posa sur le sachet qu'elle lui avait apporté. Il contenait un sandwich au beurre de cacahuète et à la confiture. Elle grimaça. Cet achat impulsif la trahissait tant !

En entendant le cliquetis de la porte du bureau, elle tressaillit. La réunion était finie ! Elle attendit, mais personne ne sortit. Par l'entrebâillement, la voix grave et sonore d'Ari parvint jusqu'à elle.

— Nous l'aimons vraiment bien, Lucy et moi.

Angel se figea, tendant involontairement l'oreille. La voix de Leo, calme, bien modulée, fit écho à celle d'Ari.

— Je sais.

Il y eut un silence, puis :

— Ecoute, Angel et moi… c'est passager. Je n'ai aucune envie de m'établir avec la première femme qui ait croisé mon chemin à Athènes.

Ari répondit d'une voix plus sèche et plus lointaine — comme s'il était revenu sur ses pas dans la pièce. Ses propos transpercèrent le cœur de la jeune femme.

— J'ai conscience qu'elle n'est pas l'épouse éventuelle la plus… convenable.

Leo renchérit, avec un rire qui lui fit encore plus mal :

— Si elle devait devenir une présence permanente dans ma vie, ce serait pousser le bouchon un peu loin, en ce qui concerne mon père. D'autant qu'on jase encore beaucoup en ville au sujet de notre liaison.

— Tu es maître dans l'art de la provocation, s'amusa Ari. Mais… est-ce qu'Angel sait à quoi s'en tenir ? continua-t-il en homme qui ne s'en laisse pas compter. Je te répète que nous l'aimons bien, Lucy et moi. Il nous déplairait de la voir souffrir.

— Serait-ce un avertissement ? riposta Leo d'une voix dangereusement doucereuse.

— Prends-le comme tu voudras. Angel ne ressemble pas aux mondaines au cœur sec des cercles que tu fréquentes. On aurait pu la prendre pour l'une d'elles au début, mais quand on vient à la connaître…

— Inutile de t'inquiéter, souligna Leo avec rudesse. Nous savons très bien où nous en sommes, elle et moi.

Avec un rire léger, Ari continua :

— Lucy m'a mis la puce à l'oreille… vous dînez chez nous ce soir, si je comprends bien. J'ai hâte de voir les bijoux.

Angel n'attendit pas la suite. Chancelante, comme vidée de toute énergie, elle quitta tant bien que mal la réception et gagna l'ascenseur en courant. Elle s'aperçut qu'elle avait oublié le sachet et s'alarma à l'idée que Leo le trouve. Mais il était hors de question qu'elle revienne sur ses pas. Elle n'avait qu'une pensée : quitter les lieux le plus vite possible.

Plus tard, alors qu'elle parachevait la finition des bijoux de Lucy, elle se fustigea elle-même. A quoi diable s'était-elle attendue ? A ce que Leo s'éprenne d'elle par miracle ? Si, depuis qu'il savait ce qui s'était réellement passé, elle percevait leur relation sous un autre jour, de toute évidence, il n'en allait pas de même pour lui. Et elle était naïve d'avoir cru que son attitude tendre de ces dernières semaines avait une quelconque signification.

Elle posa une main sur son ventre, l'air songeur. L'autre nuit, lorsqu'elle l'avait pratiquement supplié de lui faire l'amour, ils n'avaient eu recours à aucune protection. Elle avait assuré à Leo qu'elle se trouvait dans une période sans risque de son cycle menstruel. Mais elle n'en était plus si sûre…

L'idée d'être éventuellement enceinte lui faisait froid dans le dos — surtout après les propos sans fard que Leo avait tenus à Ari. Il était clair que leur relation s'acheminait vers sa fin. Et le plus tôt serait le mieux. Leo n'apprécierait guère d'être contraint à la paternité par une Kassianides. Et s'il croyait qu'elle l'avait fait exprès ? Elle sentait parfaitement qu'il ne lui faisait pas entièrement confiance.

Le téléphone de son atelier retentit, et elle décrocha en tressaillant.

— Oui ?

— Pourquoi n'es-tu pas restée ?

Elle eut un coup au cœur. Le sandwich ! Leo devait être mortifié.

— Je… il fallait que je revienne empaqueter les bijoux. J'étais sortie acheter un joli emballage, alors j'en ai profité pour passer. Mais tu étais occupé.

— Merci pour l'en-cas, dit-il après un moment de silence.

— Oh, ça…, répondit-elle avec un rire qui sonnait terriblement faux. Je ne sais pas ce qui m'a prise.

— C'était gentil.

Heureusement, il ne pouvait la voir rougir d'humiliation !

— A ce soir. Je rentre à 19 heures.

Il raccrocha. Angel sentait battre son cœur à coups redoublés. Elle tremblait. Sa peau était moite. Seigneur ! Elle était amoureuse. Elle était perdue, pensa-t-elle. La famille Parnassus aurait finalement le dernier mot.

# 10.

De retour du dîner, ce soir-là, Angel se sentit épuisée. Pour la première fois de sa vie, sa joie de réaliser des bijoux avait été éclipsée par autre chose : *Leo.* Et la nécessité de se protéger en sa présence. Elle était sidérée par le talent qu'avaient les hommes de donner à une femme le sentiment d'être unique au monde sans être pour autant impliqués affectivement avec elle.

Pendant toute la soirée, Leo s'était montré plein de sollicitude. Elle avait cru que c'était pour donner le change. Mais, à un moment où Lucy et Ari étaient allés voir si leurs enfants dormaient, il s'était tourné vers elle et, saisissant son visage entre ses mains, lui avait donné un baiser passionné — comme si c'était plus fort que lui, comme s'il en avait besoin. Et elle avait réagi, trahie une nouvelle fois par ses sens.

Ils ne s'étaient séparés qu'en entendant un espiègle :

« Il y a des chambres libres à l'étage, vous savez… »

Angel s'était sentie fragilisée, déprimée.

— Tu as donné ta langue au chat ?

Elle tressaillit, levant les yeux vers Leo alors qu'elle se débarrassait de ses escarpins dans le vestibule de la villa. Désireuse de se protéger, une fois de plus, elle répondit en haussant légèrement les épaules :

— J'étais dans mes pensées. J'espère que Lucy aimera les boucles d'oreilles et le bracelet. Il y avait longtemps que je n'avais rien fait.

Comme elle se redressait, Leo, tout près d'elle, lui effleura la joue.

— Elle va les adorer. Ari les a trouvés superbes. Tu as un talent fou.

Elle rougit, et s'en voulut. Pourquoi, bon sang, fallait-elle qu'elle attache tant d'importance à de petits riens ? Il la saisit par un coude, et elle frémit malgré elle, essayant de lui échapper. Les yeux de Leo étincelèrent.

— Un dernier verre ?

— Ecoute, je suis vraiment…

— S'il te plaît.

Quelque chose, dans son expression, lui donna un coup au cœur.

— Bon, d'accord, concéda-t-elle.

Elle le suivit dans le salon, perplexe. Dans une situation normale, elle aurait cru qu'il envisageait une conversation avec elle. Mais elle ne se faisait guère d'illusions. Il lui demanda ce qu'elle désirait, puis lui versa un *Irish Cream* et se servit un whisky.

Au bout d'un moment empreint de tension, il prit la parole :

— Angel, quelque arrangement que nous ayons eu, nous savons tous les deux qu'il ne tient plus. Je ne veux ni ne peux te retenir si tu désires t'en aller.

Son cœur se serra si fort qu'elle crut avoir un malaise. Ses doigts se crispèrent sur son verre.

— Je…, balbutia-t-elle

— Mais je ne veux pas que tu t'en ailles.

— T… tu ne veux pas ?

— Nous ne sommes pas encore au bout de la route. Je te désire toujours.

Il ne faisait mention ni d'amour ni de sentiments ! Mais n'avait-elle pas admis, après avoir surpris sa conversation avec Ari, qu'elle n'avait rien à attendre ?

— L'atelier est à toi, Angel, aussi longtemps que nous

serons ensemble. Après cette commande d'Ari, et avec un peu de publicité, tu seras inondée de demandes. Cela pourrait être le début d'une véritable carrière pour toi.

Il ne prenait même pas la peine de lui demander si rester correspondait à son souhait. Elle ne devait pas lui laisser voir qu'elle souffrait tant ! Elle afficha un sourire crispé.

— Si je comprends bien, tant que je reste avec toi jusqu'à ce que tu te lasses, tu m'aideras à lancer ma carrière ? Et… si je ne veux pas rester ?

Les prunelles de Leo devinrent d'un noir d'encre. Sa mâchoire se crispa.

— Tu n'auras aucun mal à t'établir, Angel. Cependant, reconnais qu'un coup de pouce te placerait d'emblée à un tout autre niveau.

Angel crut qu'elle allait se trouver mal. Il agissait d'une manière si cruelle… Et pourtant, il lui donnait aussi la lune, en quelque sorte. Car il avait raison : s'il la patronnait, sa réussite était assurée. Mais pouvait-elle consentir à cela ? Etait-elle capable de partager son lit en sachant qu'il la délaisserait tôt ou tard, fût-ce avec la récompense d'une carrière brillante ?

Soudain, toutes les ambitions qu'elle avait nourries lui parurent dérisoires. Si elle avait le choix, l'amour de Leo lui semblerait toujours préférable à la réussite. On pouvait toujours bâtir une carrière… Mais le véritable amour ?

De toute évidence, le mot « amour » ne faisait pas partie du vocabulaire de Leo. Et si un jour il venait à s'établir, ce serait avec une autre, qui ferait bien mieux l'affaire qu'elle.

Elle avait l'impression d'être brisée. Pourtant, elle avala une gorgée, avec une contenance étudiée.

— Sais-tu pourquoi je n'avais jamais quitté la maison familiale ? Tu as bien dû te demander ce que je faisais là-bas alors que mon père me détestait visiblement… Eh bien, c'était à cause de Delphi. Après la mort de Damia, elle était à la dérive, elle s'était complètement recroquevillée sur elle-même. Irini, sa mère, n'est bonne à rien, et mon père est étranger à toute émotion humaine. Et cette pauvre Delphi se retrouvait là, seule avec eux. Alors, je lui ai promis de rester quoi qu'il arrive, jusqu'à ce qu'elle soit prête à partir. J'espérais la convaincre de s'en aller avec moi lorsqu'elle aurait quitté l'université. Mais les affaires de papa ont commencé à dégringoler, et nous n'en avions plus les moyens. Mon travail permettait tout juste de l'aider à poursuivre ses études de droit. Nous étions clouées sur place.

Leo restait silencieux, immobile comme une statue.

— Il y a longtemps que j'attends ma liberté, Leo, continua-t-elle. Maintenant que Delphi est établie avec Stavros, je peux enfin vivre ma vie.

— Et c'est ce que tu veux ? En dépit de tout ce que je pourrais t'offrir ?

Elle hocha la tête.

— Cette commande d'Ari est plus que je n'aurais osé espérer. Et tu as certainement compris, maintenant, que je n'ai pas l'étoffe d'une maîtresse.

Il se leva, impérieux, n'exprimant aucune émotion.

— Je dois me rendre à New York pour affaires et j'y séjournerai une quinzaine de jours. Je te demande seulement de réfléchir, tu décideras ensuite. Je n'exige pas que tu tranches dès maintenant.

— Très bien, murmura-t-elle, dissimulant sa souffrance.

Puis elle ajouta :

— Je suis fatiguée, je vais me coucher.

— Bonne nuit, Angel.

Elle quitta la pièce. C'était son ultime entrevue avec Leo Parnassus, et elle en avait conscience.

***

De retour à la villa, quinze jours plus tard, Leo sut d'emblée qu'Angel était partie. Jamais il n'avait affronté une telle situation : être quitté par une femme ! Dans son arrogance, il n'avait pas envisagé un instant qu'elle le ferait. Mais, par une étrange superstition, il n'avait pas pris contact avec elle. Pour lui, ce qu'on ignorait n'existait pour ainsi dire pas. Angel s'était bel et bien envolée, pourtant.

Il se rendit dans son atelier. Tout y était net, impeccable. Elle n'avait rien emporté. Le petit mot qu'elle lui avait laissé disait : « *Cher Leo, j'ai tout mis en ordre pour que le déménagement soit facilité. Il pourrait sembler bizarre que je t'écrive ceci après tout ce qui s'est passé, et au vu des circonstances, mais je te remercie pour tout. Bien à toi, Angel.* »

Chiffonnant le papier, il resta un instant immobile, tête basse. Puis, poussant un cri de rage étranglé, il balaya d'un revers du bras le plan de travail. De petits diamants valsèrent à terre, où ils se mirent à luire doucement comme pour le railler.

Angel avait mal au creux des reins. Elle y plaça ses deux mains et se cambra en arrière, s'étirant pour tenter de se soulager. Elle était enceinte. Cela commençait à se voir. Le jour de sa dernière conversation avec Leo, elle avait eu des saignements qu'elle avait pris pour ses règles. Mais, celles-ci n'étant pas venues le mois suivant, elle s'était inquiétée. Et sa grossesse avait été confirmée.

— Tu devrais t'asseoir, mon chou. Tu te sentiras mieux.

Angel sourit à Mary, avec qui elle travaillait dans le petit café touristique situé sur le domaine de son ancien collège, dans l'ouest de l'Irlande.

— Mais non, ce n'est rien, prétendit-elle.

La vieille femme, qu'Angel connaissait depuis ses années de pension, lui sourit affectueusement.

— Alors, tu pourrais aller voir ce que désire notre dernier client. Et puis on bouclera. Le dernier car de touristes vient de quitter le parc.

Angel prit son calepin et un plateau pour débarrasser les tables. Elle avait hâte de regagner la maisonnette qu'elle partageait avec la nièce de Mary pour prendre un bon bain chaud. Elle pénétra dans la salle de service, éblouie par les rayons du soleil vespéral. Quand elle avança, elle crut distinguer une haute silhouette qui venait d'écarter une chaise pour se lever. Mais elle n'avait pas besoin de la voir distinctement. Elle savait. C'était lui.

Lui, Leo. Imposant et magnifique.

Elle eut un coup au cœur, et il lui sembla que la pièce tournoyait autour d'elle. En un rien de temps, elle se retrouva sur une chaise. Leo s'était agenouillé, levant sur elle un regard soucieux tandis que Mary s'exclamait :

— Est-ce que tu te sens bien, Angela ? Je savais que tu ne devais pas passer autant de temps debout ! Mais tu es têtue comme une mule !

Effrayée à l'idée de ce qu'elle pourrait révéler, Angel lui imposa silence d'un geste discret.

— Mais oui, ça va, Mary. J'ai juste reçu un petit choc. Je connais ce monsieur… c'est un de mes vieux amis.

La perspicace Irlandaise regarda tour à tour Angel puis Leo, et comprit instantanément. Son regard bleu s'anima.

— Tu es sûre que ça va ? Veux-tu que je te laisse seule ?

Angel acquiesça, même si elle avait plutôt envie de supplier Mary de rester ! Elle devait affronter le père de son enfant.

— Il n'y a pas de problème, Mary. Vous devriez rentrer chez vous.

— Mais comment feras-tu ? Tu n'as pas de voiture et tu as laissé ta bicyclette à la maison.

— Je me charge de la raccompagner.

C'était la première fois que Leo prenait la parole — au

grand bouleversement d'Angel. Mary s'en fut en poussant de gros soupirs et en le fustigeant d'un regard assassin. Lorsqu'ils furent enfin seuls. Leo se redressa. Il portait un jean, un pull noir, un manteau sombre. Angel eut l'impression, soudain, de revenir à la vie après avoir subi un long engourdissement. Elle était contente d'avoir un tablier : il dissimulait son petit ventre arrondi et son secret.

— *Angela* ? fit Leo.

Angel se lança dans des explications. Parler la soulageait.

— Quand je suis entrée en pension ici, les religieuses ont trouvé que mon prénom n'était pas convenable. Elles s'obstinaient à m'appeler « Angela ». Mary était déjà là, à l'époque. Alors, c'èst une habitude chez elle aussi.

— Et tu roules à bicyclette sur ces fichues routes ?

Elle hocha de nouveau la tête, remarquant des signes de tension sur le visage de Leo — ce qui était presque invraisemblable… Elle se hâta de répondre, refoulant des spéculations illusoires :

— Je sais, ça fait un peu peur au début. Mais une fois qu'on est habitué…

— Habitué ? Ces routes sont de vraies chausse-trapes !

Son expression, qui exprimait de la réprobation mais aussi quelque chose d'indéfinissable, la poussa à se mettre debout. Elle commençait enfin à se remettre de la secousse que lui avait causée sa venue. Comment pouvait-il se présenter ici et discuter de banalités comme si de rien n'était ?

— Leo, tu n'as pas voyagé jusqu'ici pour discuter du réseau routier ! De quelle façon m'as-tu retrouvée ?

*Pourquoi es-tu venu à ma recherche ?*

Il passa les doigts dans ses cheveux, et elle remarqua qu'ils étaient plus longs qu'autrefois. En réalité, il semblait lui-même un peu défait. Dans un mouvement brusque, il lâcha :

— Il m'a fallu harceler ta sœur pendant un mois avant qu'elle accepte de parler.

Angel se rassit, les jambes en coton. Elle était restée quatre semaines à Athènes après avoir quitté la villa. En voyant que Leo ne venait pas la chercher, elle avait eu le sentiment que quelque chose mourait en elle. Et, pourtant, c'était irrationnel d'avoir désiré qu'il la rejoigne. Pour lui, son départ ne pouvait que signifier qu'elle ne s'intéressait pas à lui…

— Je n'avais pas prévu de venir ici, dit-elle. Mais quand j'ai su…

Elle se tut. Lâcher tout à trac ce qui lui arrivait était téméraire. Elle avait toujours eu l'intention d'apprendre à Leo qu'elle attendait un enfant de lui. Mais, une fois au loin, elle avait repris ses esprits et choisi la meilleure voie possible. Elle ne s'était pas attendue à devoir l'affronter aussi vite. Comment prendrait-il la nouvelle ? Elle n'oubliait pas — loin de là ! — la conversation qu'il avait eue avec Ari.

Soudain, elle se détourna, presque blessée par sa présence. Il vint se placer devant elle et lui releva le visage. Son regard torturé la remua jusqu'au fond du cœur. L'instant de vérité était arrivé, comprit-elle. L'éloignement n'avait pas apaisé sa souffrance, ni clarifié les choses. Tout au contraire.

— Su quoi, Angel ?

— Je suis enceinte, Leo.

Pendant un long moment, ils ne firent un mouvement ni l'un ni l'autre. Puis Leo accomplit un geste auquel elle ne se serait jamais attendue. En fait, elle ne savait pas très bien ce qu'elle avait anticipé, plutôt, en tout cas, une expression horrifiée ou incrédule.

Il commença par la débarrasser de son tablier. Son pouls s'accéléra au contact de ses grandes mains fermes.

— Mais, Leo, qu'est-ce que…

— Chut ! coupa-t-il.

Puis, lorsque son ventre, moulé par sa combinaison stretch noire, se révéla dans sa jolie rondeur, il y posa les doigts. Ebahie de le voir ainsi, à ses pieds, elle sentit un flot d'émotions la submerger. Elle le regarda et saisit l'expression émerveillée, révérencieuse qui se peignait sur ses traits. Refoulant les fantasmes qui l'assaillaient, elle demanda :

— Leo, pourquoi es-tu venu ?

— Comment peux-tu me poser une question pareille ? Tu aurais dû m'avertir, Angel.

Elle éprouva un élan de honte. La déception de Leo était bien plus dure à encaisser que ne l'auraient été son arrogance ou sa colère.

— Je l'ai su voici deux mois seulement. Et à ce moment-là…

A ce moment-là, elle avait été lâche. Elle avait pensé qu'elle ne supporterait jamais de le croiser, de l'apercevoir avec une autre. Alors, elle s'était réfugiée le plus loin possible. Et maintenant elle n'arrivait même pas à rassembler ses idées alors que Leo était si proche, et qu'il la touchait. Elle se leva avec effort, lui écartant les mains, et s'éloigna un peu.

— Ecoute, notre liaison n'a jamais été promise à durer, même si tu voulais que je reste. J'ai entendu ta conversation avec Ari Levakis, dans ton bureau. Mais qu'importe, s'empressa-t-elle de continuer, effarée d'avoir lâché cet aveu. Ce que j'ai entendu ne compte pas. Je savais, de toute façon, que nous finirions par nous séparer.

Il lui décocha un regard, mais son expression restait impénétrable. Pour sa part, Angel était si retournée qu'un rien la troublait. Aussi reprit-elle :

— Si tu es venu me demander de redevenir ta maîtresse…

Il désigna son ventre.

— Nous sommes bien au-delà de ça, tu ne crois pas ?

— Leo, ne t'imagine pas que j'accepterai un mariage de convenance parce que je suis enceinte. Ta conversation avec Ari m'a confirmé que tu n'as jamais eu l'intention d'avoir une relation durable avec moi. Et je comprends que l'idée de partager ton toit avec une Kassianides te…

— Arrête, Angel.

Elle se tut aussitôt. Elle se sentait à la merci de ses émotions à fleur de peau. Leo se rapprocha d'elle. Elle aurait aimé s'éloigner, mais elle était coincée entre la table et lui.

— Leo, je t'en prie, ne…

— Quoi, Angel ? « Ne me touche pas » ? C'est plus fort que moi, quand je te vois. Quoi d'autre ? « Ne cherche pas à renouer ? » Cela aussi, je n'y peux rien. Je serais allé jusqu'au bout du monde pour te retrouver.

Il leva la main et lui ôta la pique qui retenait ses cheveux. Ils se déployèrent sur ses épaules, plus longs encore qu'autrefois car il y avait des mois qu'elle ne les avait pas coupés.

Leo enroula le bout d'une mèche entre ses doigts, et Angel se sentit étrangement paralysée. Elle le sentit buter doucement contre son ventre, son corps s'enflammant d'emblée, retrouvant les sensations intenses qu'elle n'avait pas éprouvées depuis de longues semaines.

— Quand tu m'as quitté, Angel Kassianides, j'ai sombré dans un trou noir.

Elle leva les yeux, envoûtée malgré elle.

— V… vraiment ?

Il acquiesça avec une grimace.

— En rentrant de New York, j'ai trouvé ton mot. J'ai saccagé ton atelier et je suis reparti là-bas aussitôt. J'y ai passé un mois à boire plus que de raison dans un bar irlandais peu recommandable.

Il continua avec un rire abrupt :

— Quand j'ai cru m'être remis, même si je n'arrivais

toujours pas à m'intéresser à une autre femme, je suis revenu à Athènes. Là, je me suis si bien déchaîné que j'ai fait pleurer Calista, renvoyé je ne sais combien d'employés, et que ni Lucy ni Ari ne m'adressent plus la parole.

Angel lâcha une sorte de cri étranglé.

— Ils ne te parlent plus ?

Leo fit signe que non.

— Et enfin, après ces deux mois chaotiques, je me suis avoué que je souffrais d'avoir été quitté. A ce moment-là, il a fallu que je convainque ta sœur de me dire où tu étais.

Prenant une profonde inspiration, Angel se lança, tel un funambule marchant au-dessus du vide :

— Mais, Leo, tu ne m'as pas demandé de rester. Tu m'as expliqué ce à quoi j'aurais droit si je restais. C'était conditionnel.

Cessant de triturer sa mèche de cheveux, il la regarda bien en face pour la première fois et elle vit enfin la vulnérabilité qui obscurcissait ses yeux.

— Je n'ai pas eu le cran de te demander de rester si tu en avais envie. J'avais trop peur que tu refuses, parce que je ne t'avais jamais donné le choix. Je croyais que ma seule option était de te contraindre à accepter.

Angel secoua la tête. Un sentiment fragile était en train d'éclore en elle.

— En toute honnêteté, j'aurais sûrement dit non, de toute manière.

Elle saisit aussitôt son changement d'expression, son air de repli blessé. Mais, avant même qu'il se ferme entièrement, elle prit sa main et la porta à son cœur.

— Parce que j'avais trop envie de rester, ajouta-t-elle très vite.

Des larmes débordèrent de ses yeux et roulèrent sur ses joues. Elle s'en moquait. Elle ne pouvait plus les retenir. Pas dans la situation où elle se trouvait.

— Je t'aime, Leo. Je suis tombée si désespérément

amoureuse de toi que ça m'a anéantie. Je ne supportais pas de rester près de toi jusqu'à ce que tu en aies assez et que tu prennes une autre maîtresse, ou une épouse.

Leo poussa un étrange gémissement, tel un homme sur le point de monter à l'échafaud qui apprendrait soudainement sa grâce. Attirant Angel à lui, il la serra dans ses bras. Sa vision se brouilla de plus belle et, submergée par l'émotion, elle se mit à sangloter. S'écartant aussitôt, Leo posa ses mains sur ses joues, essuyant ses larmes du bout du pouce.

— Angel, ma douce, je t'en prie, ne pleure pas… Tu ne dois pas pleurer, car j'ai besoin de te réentendre dire ce que tu viens de déclarer.

A petites traites saccadées, elle murmura :

— Je… je t'aime… depuis longtemps… Et je suis heureuse… d'être enceinte de toi.

— Moi aussi, je suis heureux, dit Leo, l'enlaçant étroitement.

Il la fit asseoir sur une chaise et lui donna un verre d'eau, car elle hoquetait. Angel se sentait plus vulnérable qu'elle ne l'avait jamais été. Leo avait énoncé bien des choses, et il était clair qu'il n'était pas fâché de sa grossesse. Mais il n'avait pas dit qu'il tenait à elle…

L'air honteux, il déclara tout à coup :

— Angel, ce que tu as entendu dans le bureau… eh bien, c'étaient les propos d'un lâche. La vérité, c'est que je t'ai désirée dès l'instant où je t'ai vue à la piscine, cette nuit-là. Et puis, quand j'ai su qui tu étais et que je t'ai vue te faufiler dans la maison…

Il s'interrompit, cherchant comment s'expliquer. Puis :

— Je venais juste de revenir au bercail, à Athènes. L'énormité de tout ce que nous avions subi pesait encore très fortement sur moi, et voilà que tu te révélais une ennemie. Cela changeait tout.

Secouant la tête, il continua :

— Ce n'est pas une excuse, mais... quand j'ai cru que tu partais, je me suis souvenu de Dimitri Stephanides. J'étais déterminé à recourir à n'importe quel expédient pour t'attacher à moi. Alors, je me suis servi du mariage de Stavros et de Delphi. En me méprenant entièrement sur tes motivations à ce sujet.

Il lui prit la main et y déposa un baiser, continuant avec une grande franchise :

— Lorsque Ari m'a pris à partie à ton sujet, ce jour-là, il touchait un nerf sensible. J'étais en train de comprendre que ce que je ressentais pour toi allait bien au-delà du désir. Ma vie durant, je me suis fermé aux émotions, j'ai évité l'intimité. J'avais une peur bleue que mon univers s'effondre, comme cela s'était produit quand j'étais enfant. J'étais incapable de lui expliquer ça. Et quand il s'est montré protecteur à ton égard, j'ai été cinglant parce que j'étais jaloux. Oui, jaloux à l'idée qu'il se sentait le droit de te protéger contre moi.

De nouveau, Leo enveloppa de ses mains le ventre d'Angel. Elle couvrit ses doigts virils avec les siens. Il leva les yeux, son regard étincelait.

— Mes peurs enfantines n'étaient rien en comparaison d'une vie sans toi, Angel, dit-il. Je t'aime. Et j'aime cet enfant. Je veux que tu rentres à la maison avec moi et que tu sois ma femme.

Angel ouvrit la bouche mais, d'un signe, il lui intima silence, comme s'il anticipait un argument contraire.

— Ce n'est pas seulement parce que tu es enceinte. C'est parce que je ne peux pas supporter d'être séparé de toi. Si tu ne reviens pas à Athènes, je viendrai m'installer ici. Il est hors de question que je m'éloigne de toi.

Angel prit le visage de Leo entre ses mains. Son cœur débordait.

— Ce fameux soir où je t'ai vu sortir de la piscine,

tu as volé mon cœur. Depuis, je n'ai plus jamais été la même. Repose-moi ta question.

— A condition que tu m'embrasses d'abord. Oh, Angel ! Tu m'as tant manqué !

Elle déposa sur ses lèvres le baiser le plus doux et le plus tendre. Mais il ne tarda pas à la serrer contre lui, et leur échange devint vite beaucoup plus torride.

Puis, le regard brûlant, Leo demanda :

— Angel, veux-tu m'épouser ? Parce que je t'aime plus que ma propre vie et que je ne suis rien sans toi.

— Oui, Leo, j'accepte. Et je veux rentrer à Athènes avec toi.

Soudain, une pensée la traversa, comme un nuage noir à l'horizon.

— Qu'y a-t-il ? s'enquit Leo, aussitôt alarmé.

— Ton père… Il doit me haïr. Il est impossible qu'il se réjouisse de tout ceci.

— J'ai toujours supposé, figure-toi, que mon père s'était remarié avec Olympia avec bon sens et respect, en réaction contre les comédies hystériques de ma mère, avoua-t-il en souriant. Mais j'avais tort. Il aime Olympia, alors qu'il n'a jamais rien éprouvé pour ma mère. Et c'était ça, le problème. Je ne l'ai compris que très récemment. C'est un vieil homme heureux d'avoir réalisé son rêve. Il ne demande pas mieux que d'enterrer la hache de guerre. Et il ne te juge pas responsable du passé. Bon, si nous partions ?

Angel se laissa envelopper dans son manteau. L'automne irlandais était précoce et, quand ils sortirent, de grosses gouttes s'écrasaient sur le sol sous un ciel plombé. Tirant son compagnon par la manche, elle lui désigna l'antique couvent où elle avait été enfermée et lui avoua timidement :

— Quand j'allais en classe ici, je m'imaginais qu'un beau prince viendrait à mon secours et me ramènerait en Grècc.

Leo l'enlaça, la serrant contre lui. Il sentit le renflement de son ventre et pensa à l'enfant. Leur bébé. Ils formaient une famille, à présent.

Ce fut d'une voix rauque qu'il déclara :

— Eh bien, si tu pardonnes à ton prince son arrivée un peu tardive et ses semelles crottées, j'aimerais t'emmener à la maison.

Avec un sourire tremblant, Angel répondit :

— Je n'ai rien à te pardonner, et je ne voudrais pas d'autre prince que toi.

collection Azur

# Ne manquez pas, dès le 1er septembre

***UNE UNION SOUS CONDITION**, Maisey Yates • N°3155*

Mariage Arrangé

En prenant connaissance des dernières volontés de son père, Elaine a l'impression que le sol se dérobe sous ses pieds. Car non seulement elle va devoir diriger l'entreprise familiale en collaboration avec Marco De Luca, un homme d'affaires cynique et sûr de lui, mais aussi épouser celui-ci !

***TROUBLANTES APPARENCES,** Lindsay Armstrong • N°3156*

Lorsqu'elle fait la connaissance du célèbre milliardaire Brett Wyndham à une soirée de bienfaisance, Holly est tout de suite agacée par cet homme arrogant, visiblement persuadé qu'elle n'est qu'une mondaine écervelée. Mais n'est-ce pas tout de même l'occasion inespérée d'obtenir de lui une interview exclusive ?

***UNE ÉPOUSE POUR LORENZO SANTANGELI**, Sara Craven • N°3157*

Epouser Lorenzo Santangeli, un homme qu'elle connaît à peine et pour lequel elle n'éprouve que du mépris ? A cette idée, Marisa sent la colère et la révolte l'envahir. Avant de comprendre que si elle refuse cette union de convenance, c'est toute sa famille qui en paiera le prix…

***UN TÉNÉBREUX ITALIEN,** Kate Hewitt • N°3158*

Convaincue qu'aucun homme ne s'intéressera jamais à elle, Anamaria a décidé de se consacrer entièrement à ses vignobles. Aussi se prend-elle à rêver lorsque le beau Vittorio Ralfino, de retour en Vénétie après des années d'absence, lui propose de l'épouser. Bien sûr, il ne s'agit aux yeux de Vittorio que d'une alliance d'intérêt, mais ne peut-elle espérer qu'un jour, peut-être, il s'intéressera *vraiment* à elle ?

***POUR L'AMOUR DE LILY,** Anne McAllister • N°3159*

Lorsque George Savas lui propose de l'épouser et de venir vivre en Grèce pour y mettre au monde le bébé qu'elle attend, et qu'il considère comme l'héritier des Savas, Sophy a un moment d'hésitation. Mais, seule et sans ressources, a-t-elle le droit de refuser cette chance d'élever décemment son enfant ?

***SON PLUS PRÉCIEUX SECRET,*** *Miranda Lee* • *N°3160*

En apprenant que Nicolas Dupré, le célèbre pianiste, sera bientôt à Rocky Creek, Serina sent son cœur s'affoler. Car treize ans ont passé depuis que Nicolas a quitté l'Australie, treize ans pendant lesquels elle lui a caché son plus précieux secret…

***UN TROP SÉDUISANT MILLIARDAIRE,*** *Natalie Anderson* • *N°3161*

Quand elle se retrouve face à Lorenzo Hall, son nouveau patron, Sophie Braithwaite se sent soudain au bord de la panique : n'a-t-elle pas fait une énorme erreur en acceptant ce poste ? Car si elle cède au désir intense qu'elle ressent pour ce milliardaire bien trop séduisant, ne risque-t-elle pas de compromettre son travail et de décevoir, de nouveau, sa famille ?

***LA PRISONNIÈRE AMOUREUSE,*** *Kim Lawrence* • *N°3162*

Les Princes du désert

Vient-elle vraiment d'être kidnappée ? se demande Molly, stupéfaite. Hélas, le visage sévère du cheikh Tair Al Sharif ne lui laisse aucun espoir. Parce qu'il semble persuadé qu'elle met en péril le mariage de son cousin, ce prince arrogant n'a rien trouvé de mieux que de la faire monter de force dans un jet privé, et de l'emmener en plein désert !

***ENCEINTE DE NICOLO ORSINI***, *Sandra Marton* • *N°3163*

*- La saga des Orsini -* 4ème PARTIE

Alessia est furieuse en apprenant l'arrivée d'un nouvel investisseur dans l'affaire familiale. Mais lorsqu'elle rencontre Nicolo Orsini , elle est immédiatement séduite par le charme ténébreux du beau Sicilien. Et, bientôt, elle abdique toute volonté entre ses bras, tout en sachant qu'il n'a rien d'autre à lui offrir qu'une courte liaison…

***LA PROMESSE DU CHEIKH***, *Sarah Morgan* • *N°3164*

*- L'héritage des Balfour -* 7ème PARTIE

Bella ne décolère pas. Comment son père a-t-il pu l'envoyer dans un centre de méditation en plein désert, et espérer qu'elle s'y sentirait bien ? Décidée à quitter ce lieu sinistre et à gagner la ville pour y retrouver le monde civilisé, Bella s'égare dans le désert. Et ne doit la vie sauve qu'à un cheikh beau comme un dieu, mais furieux de devoir s'occuper d'elle…

Attention, numérotation des livres pour le Canada différente : numéros 1679 à 1684

BestSellers

A paraître le 1er juillet

*Best-Sellers n°470 • suspense*

**Ombres sur Black Falls** - Carla Neggers

Hannah Shay est enfin parvenue à montrer aux habitants de Black Falls, le petit village de montagne où elle est née, ce dont elle est capable : le café qu'elle y a ouvert est un succès et elle va bientôt devenir magistrate. Mais quand son établissement se retrouve au cœur d'une enquête sur une série de crimes violents perpétrés dans le domaine montagneux des Cameron, Hannah est pétrifiée d'angoisse. D'autant plus que Bowie, son ami d'enfance est soupçonné par la police d'être mêlé à ce cauchemar… Hannah refuse d'y croire, et les soupçons de Sean Cameron, revenu à Black Falls pour tenter de démasquer l'assassin de son propre père, l'une des victimes, n'y changeront rien. Sean… Un homme intrépide qu'adolescente, elle aimait en secret, et qui tente aujourd'hui de la convaincre de participer à ses recherches. Que faire ? Car tout comme Sean, Hannah sent que le tueur va bientôt frapper… et il pourrait bien se trouver plus près d'eux qu'ils ne le pensent.

*Best-Sellers n°471 • suspense*

**Face au danger** - Brenda Novak

Traumatisée par la violente agression dont elle a été victime trois ans auparavant, Skye Kellerman a mis du temps à surmonter ses angoisses. Ce n'est que depuis peu qu'elle reconstruit son existence autour de l'association d'aide aux victimes qu'elle a créée en Californie avec deux amies. Mais quand elle apprend que son agresseur, Olivier Burke, est sur le point d'être libéré pour bonne conduite, bien avant la fin de sa peine, toutes ses peurs ressurgissent brutalement : comment oublier que c'est son propre témoignage qui a permis d'envoyer cet homme derrière les barreaux ? Lui n'a certainement pas oublié qu'il a tout perdu par sa faute. Le temps presse et Skye n'a qu'une solution : faire ce qu'il faut pour que Burke ne sorte pas de prison, en commençant par prouver son implication dans trois affaires de meurtres survenues à l'époque de son agression, et qui n'ont jamais été résolues... Heureusement, elle peut compter sur l'aide et le soutien inconditionnel de l'inspecteur David Willis, qui est venu la trouver. Car lui aussi en est convaincu : Burke n'en restera pas là.

*Best-Sellers n°472 • thriller*

**La proie du silence** - Karen Rose

L'incendie criminel de Minneapolis dans lequel Tracey, une adolescente atteinte de surdité, a trouvé la mort en pleine nuit, est un véritable choc. Ecœurée par le sort de cette toute jeune fille que son handicap a sans doute empêché de fuir suffisamment tôt, l'inspectrice Olivia Sutherland se sent prête à tout pour retrouver les coupables. D'autant plus que ses recherches l'orientent rapidement vers d'autres agissements sinistres : ceux d'un maître chanteur qui n'hésite pas à tuer les proies qui lui résistent. Perturbée par son enquête, Olivia l'est encore plus quand elle doit interroger David Hunter, le pompier qui a risqué sa vie lors de l'incendie pour tenter de sauver Tracey. David, un homme secret et mystérieux qu'elle a aimé autrefois, et qui lui a brisé le cœur. Elle accepte pourtant l'aide qu'il lui propose pour mettre la main sur ce criminel cynique et calculateur. Un criminel toujours proche mais jamais visible – et qui sème la mort sur son passage.

*Best-Sellers n°473 • roman*

## Le printemps des rêves - Debbie Macomber

Séparée de son mari depuis peu, Rosie a bien du mal à prendre un nouveau départ. Non seulement Zach revendique la garde de ses enfants, mais les deux adolescents tumultueux lui mènent la vie dure. Heureusement, son métier d'institutrice la passionne et elle peut compter sur l'aide et la compréhension de son entourage. D'autant qu'elle n'est pas la seule à traverser une période de doute et de remise en question : Grace, qui habite non loin de là, essaye elle aussi de prendre un nouveau départ, même si elle a encore du mal à s'y retrouver dans sa vie sentimentale depuis la disparition brutale de son mari. Elle-même sait pouvoir compter sur sa meilleure amie Olivia, qui semble vouloir donner une nouvelle chance à sa relation avec Jack. Ainsi que sur sa fille aînée Maryellen qui, après des relations houleuses avec Jon, vient de mettre au monde une merveilleuse petite Katie. Bref, c'est tout un univers chaleureux qui aide Rosie à prendre en main son avenir et celui de ses enfants. Un univers où les gens finissent toujours par se retrouver car, à Cedar Cove, on n'est jamais très loin les uns des autres…

*Best-Sellers n°474 • paranormal*

## Le papillon des ténèbres - Gena Showalter

Gideon, ténébreux guerrier mi-ange mi-démon, possède le pouvoir de détecter le mensonge et la tromperie. Pourtant, quand l'immortelle Scarlet se présente à lui, couronnée de sa chevelure d'ébène, il perd tous ses moyens. Envouté par son parfum d'orchidée, captivé par tant de beauté, il écoute son incroyable histoire, incapable de savoir si elle lui dit la vérité. Mais comment la croire quand elle lui affirme qu'elle a un jour été sa femme alors qu'il n'a aucun souvenir d'elle ? Et surtout, comment la protéger sans mettre en danger ses compagnons et sans se détourner de sa propre quête, celle qu'il poursuit comme prince des seigneurs de l'ombre ? Une force irrésistible le pousse néanmoins à vouloir connaître la vérité et comprendre ce qui l'attire en elle. Car bien au-delà du désir, Gideon sent qu'un lien très particulier l'unit à Scarlet. Un lien qui, s'il le découvrait, pourrait détruire celle qu'il commence à aimer…

*Best-Sellers n°475 • thriller*

## Piège de neige - Lisa Jackson

Prisonnière du criminel pervers qu'elle traque depuis des semaines dans l'hiver glacial du Montana, l'inspecteur Regan Pescoli n'a plus qu'une obsession : s'échapper coûte que coûte. Aussi essaie-t-elle, dans le cachot obscur et froid où elle est enfermée, de dominer la terreur grandissante qui menace de la paralyser. Car ce n'est pas seulement sa vie qui est en jeu, mais également celle d'autres captives, piégées comme elles et promises à la mort.

Pour les sauver, autant que pour retrouver ses enfants et Nate Santana, l'homme qu'elle aime, Regan est déterminée à découvrir le point faible du tueur. Pour cela, il lui faudra aller au bout de son courage, de sa résistance physique… Et vaincre définitivement ce maniaque, avant qu'il ne soit trop tard.

*Best-Sellers n°476 • historique*

**Lady Secret** - Nicola Cornick

*Angleterre, Yorkshire, 1805.*

A la seconde où elle est entrée dans la somptueuse salle de bal de Cole Court, Marina a senti son regard posé sur elle. Le regard d'un homme sûr de lui, déterminé à percer ses secrets. Et, dès qu'il s'est avancé, elle a su que cet homme sombre et arrogant était le mystérieux inconnu de Londres. Celui qu'elle a embrassé dans la taverne, quelques mois plus tôt. Un baiser enivrant dont le seul souvenir suffit à faire naître en elle un délicieux frisson.

Pourquoi est-il ici ? A-t-il découvert sa véritable identité ? Les questions fusent dans l'esprit de Marina tandis que l'inconnu approche, un sourire prédateur aux lèvres. Car si cet homme venait à découvrir les raisons de son séjour à Londres, il ne tarderait pas à déchirer le voile de mensonges derrière lequel elle se cache depuis des années…

*Best-Sellers n°477 • roman*

**L'été des secrets** - Susan Wiggs

Quand elle aperçoit les premiers rayons du soleil scintiller sur le lac des Saules, Claire Turner, une jeune infirmière, est envahie par un sentiment de bien-être presque irréel. Venue pour prendre soin de George Bellamy, un vieux monsieur qu'elle adore, elle ne s'attendait pas un instant à se retrouver, le temps d'un été, dans ce cadre enchanteur. Malgré tout, sa mission s'avère délicate. Elle a en effet promis à George de l'aider à réaliser son rêve de toujours : se réconcilier avec son frère sur les lieux de leur enfance, là où, cinquante ans plus tôt, s'est joué le drame qui les a conduits à se perdre de vue. Heureusement pour Claire, Ross Bellamy, le petit-fils de George, semble prêt à tout pour aider son grand-père à réaliser ses souhaits les plus chers. Ross qui hante ses rêves depuis le jour de leur rencontre. Même si, hélas, elle sait que de terribles obstacles liés aux secrets de son passé se dresseront, quoiqu'il arrive, entre elle et lui.

Composé et édité par les
*éditions* Harlequin
Achevé d'imprimer en juillet 2011

BRODARD & TAUPIN

La Flèche
Dépôt légal : août 2011
N° d'imprimeur : 63874

*Imprimé en France*